世纪北斗译丛

诗
03

蓝光枕之塔

萨拉蒙 诗选

赵四 译

作家出版社

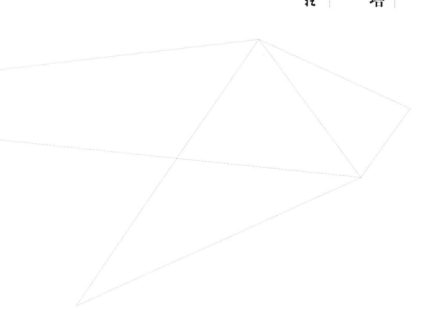

托马斯·萨拉蒙

Tomaž Šalamun，1941 年生于萨格勒布。中欧先锋诗人的主要代表，斯洛文尼亚当代最杰出的诗人。诗作被译为23种文字，出版有37部斯洛文尼亚语诗集，9部英语诗集等。获奖无数，包括斯洛文尼亚艺术家最高荣誉奖（普列舍仁奖）、斯洛文尼亚作家协会年度诗人奖（延科诗歌奖）、美国小型出版社最佳年度文学作品奖、德国明斯特市举办的2007年度欧洲诗歌奖、马其顿2009年举办的斯图加诗歌之夜"金色花环"奖、2004年罗马尼亚科斯坦匝市举办的诗歌节大奖、2003年意大利的里雅斯特市举办的"满潮奖"。萨拉蒙是斯洛文尼亚科学与艺术学院院士，曾任美国哥伦比亚大学富布莱特学者、爱荷华国际写作项目成员、斯洛文尼亚驻纽约领事馆文化参赞，并于美国开展不定期的教学。

赵四

诗人、译者、诗学学者、编辑。本名赵志方，1972年生于上海，2006 年毕业于中国社科院，获文学博士学位。在外国文学类权威核心期刊等刊物发表各类学术论文 30 余篇，在《光明日报》《当代国际诗坛》《世界文学》《译林》《作家》《诗刊》等报刊发表大量原创诗文、译诗、译文。出版有诗集《白乌鸦》、小品文集《拣沙者》。有诗作译为英、西、法、德、俄、阿拉伯、波兰、斯洛文尼亚语等。应邀参加第 35 届十一月国际诗歌节 (波兰，2012)、第 28 届维莱尼察国际文学节 (斯洛文尼亚，2013) 等活动。获波兰玛利亚.科诺普尼茨卡诗歌奖的翻译交流奖，任第 28 届"水晶维莱尼察奖"国际评委。目前在《诗刊》供职，同时任《当代国际诗坛》编辑主任、编委。

目　录

✛

✢

蚀

I

我日益厌倦我的种族之形象
于是搬走。

用长钉
我焊接上新身体的四肢。
用旧碎布，我塞进内脏。
一衣腐尸
会是我孤独的外套。
从沼泽的深渊我采摘眼睛。
用被舔光的厌恶盘子
我造我的小屋。

我的世界会是有锋利边缘的世界。
残忍，永恒。

II

我要取来钉子，
长钉

将它们锤进我身体里。
非常非常温柔，
非常非常缓慢，
所以会持续很久。
我要拟订一个精确计划。
我要每天装潢自己
姑且两平方英寸，比如。

然后我要放火烧了一切。
它会烧上很长时间，
它会烧上七天。
只有钉子会留下，
全熔接到一起，锈迹斑斑。
所以我会留存。
所以我会自一切浩劫中幸存。

‖‖

在黑草地上
悬着我干枯爱情的防雨布。

谁也不许涉足我的领地。

你从来不
曾走在我的草地上，

别以为你走过。
只待在过墙上。
在墙顶上。
在墙角处。
在墙左边。
在墙右边。

只在墙上。

责任

你见过上帝
奔跑吗所以他要干完得到两点半
责任责任
接近于既无始亦无终
附带不可动摇
不是仅晃荡着腿
责任责任
无自然的世界
无话语的世界
树木，仍在生长时，没有责任
而跟它一块儿的词该做什么呢
太阳不需要它来沉落
天空纯粹的蓝也不需要，在透明的
开端，没有更多东西
一个事物和真正语言的世界
词是物
物是词
上帝向谁咨询过
当他将一只蝴蝶造得如其所是
当他本可能为它造些六英寸厚的腿
责任责任
人民矫揉怪诞的食粮

胳膊

某天你意识到你的胳膊
它毕竟只是被用作胳膊
已因其胳膊性而变得膨胀
它模糊地看着你，曾被用作一只胳膊
可现在怎样又会有怎样的结局
你狠狠地扔掉那些不是你的东西
问道为什么你必须是一只胳膊
必须是沙或水
或光明与黑暗的交替
不是你我才是胳膊
可现在怎样又会有怎样的结局
谁来建立新的边界
你已经误解了所说的胳膊
不是你我才是胳膊，引伸
开来我是肩背
我苍白，我歌唱，大声唱
我铺床
就放松一次用你小小的偏见思想
你不苍白，你不唱，你不大声唱出来
也不铺床
不是你我才是胳膊
世界是世界的尽头
可现在怎样又会有怎样的结局

十字架

我要画个十字架

　　　　十

蛇似的盘在我的摇椅上

多么凄楚，衬衫悬晃

一旦身体离开

可它仍是件衬衫

这里是揪住我们失败的地方

手提箱和T恤店都是

你见过一把椅子

从浴室跑到厨房吗

反过来也没关系

它歇斯底里地问

我的永恒生命是怎样的

你见过阳台栏杆

说我受够了

我受够了

我受够了吗

我也爱我的普通生活

我也一定有我所应得

如果你沿格拉戈亚什卡街①走下去

---

① 格拉戈亚什卡街（Glagoljaška Street），位于克罗地亚东南部城市温科夫齐。

看见一只旧靴躺在

四号楼和左侧凹坑间

自赛艇会举行马里奥赢了的

那一年的最后一夜

靴子向你开口

你好，原谅我

躺在这儿的街上打扰你了，但是

难道它不像你吗

难道它不像你吗

难道它不像你吗

事物鬼黠的存在技艺莫测高深

不进入生命体活着的激烈

在它们无尽的迁徙中刀枪不入

你无从跟上它们

你无法捉住它们

在它们的注视中你呆若木鸡

地上的民得享平安

上帝记得所有的旅行者
　　　　记得阿拉斯①的雨
　　　　　和戴维的儿子
记得一只松鼠掉落地上
　　我大叫兔子
认为它们真是兔子因为我是近视眼
　　　　　上帝记得斯塔夫罗金②
记得腐烂木头的新陈代谢和我们的游戏
　　我清洁牙齿的方式
　　　　　　并说道地上的民得享平安
在所有帝国时代风格的家具中
　　我爱拿破仑时代的桌脚
　　　　　　上帝记得
　　　　　　上帝记得我多么煞费苦心地
　　要把一片面包捏成四面体
并且狂怒地不断把它掷向墙壁
　　　　　　　于是有了场战争
　　　　　　爸妈救下了糖罐
火正越来越靠近
　　　　　　夜或胡子
在我的天使曾立的地方我看见了地狱

---

① 阿拉斯（Arras），法国北部城市，历史上阿图瓦地区的中心。
② 斯塔夫罗金（Stavrogin），陀思妥耶夫斯基的小说《群魔》中的人物。

茶

茶清楚地知道它为什么是茶

它不想成为卡提利那

现在他又来了，那个古代家伙

我曾怎样地坐在布鲁日

穿着棕色斜纹呢外套

吃着像乌贼鱿鱼的什么东西

我的朋友西科·范阿尔巴达

吾父之友红发犹太女人的儿子

他曾怎样地试图说服我

一刻不停地，回去回去回到钟楼去

因为我把背包落在了那儿

因为盯着慈善修女姐妹们

看她们在路上观望的方式

看梅姆林、格鲁图斯①的溺水的天鹅

看圣厄休拉传说的基督教解释

然后突然一位满意先生

比利时妇科医生告诉我

我曾知道的马里尼②对我来说错误在于

那应该是一匹马啊

生平第一次在我的连续性中

出现了这个难以置信的裂隙

---

① 指布鲁日市的梅姆林美术馆和现为古代博物馆的范德格鲁图斯家族建筑。

② 马里尼（Marino Marini, 1901—1980），20世纪大利世界级的现代主义
雕塑家。这里诗人引用的是妇科医生对艺术的庸俗见解：雕塑家的马应
该确实像一匹马。

小蘑菇[*]

所以整件事到目前为止

进展最好的就是小蘑菇

小蘑菇们到了汤里

没什么没什么没什么没什么

            飞悠悠悠悠悠一只小蘑菇

这燕尾服里的绿色小西芹

还有长时间的黑黝黝

然后他们奔去找到

负责这一切的清扫夫人

没事儿没事儿没事儿没事儿

             飞悠悠悠悠悠悠悠又一只小蘑菇

尽管有益健康

血却不那么了不得

因为她得了肝炎

沉重沉重是这些小小蘑菇

沉重在圣母胸中

---

* 　以上7首译自《扑克》(1966)。

赫拉克勒斯*

现在赫拉克勒斯完成了更多的伟大劳作

回到伯罗奔尼撒

然后去到埃托利亚，首都卡里同

在国王俄纽斯的治下。

现在俄纽斯有一个最诱人的女儿，名叫得伊阿妮拉

她的众多追求者如此百折不挠，争先恐后

使她非常痛苦

比埃托利亚任何别的女孩都痛苦。

现在她已在第二大城市普鲁昂，长大成人

那里的河神，阿喀洛俄斯看见了她，变得

无可救药地昏头昏脑！因此

他不断地出现在她父亲面前

请求允许和她结婚——

1）在一头货真价实的公牛令人心醉的肌肉中

2）作为一条不断变异的龙

和3），最后，以人形，不过顶着个牛头

从他卷毛盘绕的头顶涌出至清之水的溪流。

---

* 译自《斗篷的使用》（1968）。赫拉克勒斯（Heracles），希腊神话中
最伟大的半人半神英雄，名字意为"赫拉的荣耀"，以因赫拉对其的
迫害而完成的12件伟大事业著称。诗中所写是赫拉克勒斯第三次婚姻
的故事，后来也导致了赫拉克勒斯之死。奥维德《变形记》第九卷
中记述了此故事。

高曾祖父们

我为什么画道线？

这线能：

用手触碰

你能在上面放棵树

你能弄湿它

你能躺上去

你能闭上眼睛，不去看它

你能在美术馆里

带着儿子在上面散步

你能用右脚踩

在它的某段上，你能用右脚踩

在它的另一段上

并说：从这

到这

你能把土压在上面

然后吃麦子

你能意识到没有麸皮

你能说，每个菱形都

由线圈成

你能在美术馆一头大叫

廷卡纳，你在哪儿？而

廷卡纳在美术馆里回喊：

我在牧羊，我在牧羊

于是声波触线。

这线不能：

用作食物

佐料

没有属性

没有裂缝

吱嘎作响

如果你把它戳进地里

想叫它发芽，它不会发芽

它没有午前午后的

意识

它不含氟化物

没有逻各斯绑定在

它的腰上

没有逻各斯套牢它的颈部

它不卷绕

不滴下

蜂蜜

你不会误认它为

欧文·帕诺夫斯基①

你不能在桥沿边

走着它。

① 欧文·帕诺夫斯基（Erwin Panofsky，1892—1968），德国艺术史学家，在肖像学研究领域影响巨大。

你能和你不能之间的关系
是艺术，
因而这线是艺术。

"我读些博尔赫斯，……"

我读些博尔赫斯，经过墙上的海报
在布宜诺斯艾利斯，这使我感觉良好。
我看着他残忍的妈妈
在电影里。我开车的方式即刻表明

我是个欧洲人。
巴里·瓦腾说：你的眼睛转得
像枚鱼雷，当你停车时。对极了！
美国人转动眼睛像蜂

鸟，然后找到个停车场。弗兰克·
奥哈拉①宁愿是个画家。我
认为我是个画家。我不停地笑

或忧郁得像只猴子。
事实上，我是这样的一块地中海礁岩
你可以在我上面烤牛排。

---

① 弗兰克·奥哈拉（Frank O'Hara，1926—1966），美国作家、诗人、批
评家，是"纽约派"诗人群中的一员。

黄色树林

坠着果核的大象之耳翻动。

其主藏匿。

鱼——一根石柱，

两次切割，缠裹果皮般绷带。

他穿过夜色。

阳光普照，穿过夜色。

黄色树林，它们藏起?

天鹅绒，瓷釉蔚蓝，

开启三道河流?

天空被藏何处?

干草垛中，我们卷裹它们，于水下

众石燃烧的十字架之巧克力色皮革中?

露珠消失。光环消失。

床消失。阴影消失。

我寂寂无声而居*

一切皆关乎竞赛。
世界开始扇动自己。
多米诺骨牌改装成袖筒。
黑色密室白色斑点躺于角落。
你真看到了宏伟的小洋葱头,凶手的头,
只有当其时鸟嘴刮擦胸口。
它是只瓢虫亦是小红帽。
冷咖啡带给罗伯斯庇尔。
味道大不相同。
在树林中我遇鹿之肩胛。
它们推我向**我寂寂无声居于肥皂剧**
之方向,在一棵树干附近。
寂寂无声,羔羊的珍珠,再度寂寂。
那电影产自装梨子的只只小盒。

---

* 以上4首译自 1966—1972的未结集诗 (及其他未结集诗)。

约拿

太阳如何沉落？
像雪
大海什么颜色？
巨大
约拿你是咸的吗？①
我是辛辣的
约拿你是旗帜吗？
我是鸢尾花
现在萤火虫在休息

石头像什么？
绿色
小狗怎么玩耍？
像花朵

---

① 此句和下句英译是"Jonah are you salty?/ I'm salty"。根据整首诗的
语境来看，诗中这一类问与答中关键词虽用的是同一个词，但用意在
于运用一词多义制造相距遥远的意义之间的反差效果。由于在中文中
相对应的词不具备相同的多义，所以译时选择了用不同的词。如该句
中"salty"，既有"咸的、海洋味的"之意，又有"辛辣的、机智的"
等意，故下句译作了"辛辣的"。其他句中的"flag"，有"旗帜"意，
也有"鸢尾、香蒲"等意；"fish"，既作"鱼"解，又可理解为"特
殊人物、家伙"、"生手、易受骗的人"等；"sea urchin"，"海胆"
意，但字面的意思也可以理解成"海的流浪儿"。

约拿你是条鱼吗?

我是易受骗的人

约拿你是海胆吗?

我是海的流浪儿

听那涌流

约拿是奔跑在林中的鹿

约拿是呼吸着的山

约拿是所有的房屋

你从前听到过这样一道彩虹吗?

露珠像什么?

你睡着了吗?

天使是绿的吗？

天使是绿的吗？天空能撑住他们吗？
工人们有一张嘴，一张脸，一种步态，一堆孩子
羔羊舐草，老虎撕肉，
要喝水，他们都下到河边。

我见过彩虹沉落，
牧羊人游过，
我波浪涌动，波浪涌动，感到我在燃烧，
我知道我醒着，奇怪谁在唱歌。

谁造的你，白天？蚂蚁们来自何处？
为什么线缕拢聚？
为什么日光流落刀上？
愚蠢的成熟，擦着我的衣领。

铁匠在何处锻造我靴？
我不喜欢他们覆蔽我眼，
我想那光来击打我，空气，
我想要人人呼吸，耗子，扯淡。

天使们静静鼓翼

永生，太阳的动词，

停下，休息，把笛子放在一边，

我航行，我航行在动物们安静的卵里

在转动的循环中，被连根拔起的夜之棍

一块石头，潘神，均等性之山脉

三月的第十五日①，黎明之门

一千个海，熔岩灰烬，

静谧的一千道犁沟

我任由摆布，脚下伏着，小小害虫眼中的我

巨大伟岸，后倚着

噢，热烫的上帝选民之蹄脚，马车比赛

均平日子连续不断的诸分母

我召唤水，我献祭羔羊

壮丽的马厩，开花的绿石

我落于优雅之灰泥

谁撕碎雏菊，渴痒的白色花朵？

雨滴向谁飘落？

欣悦，风，光的石板，重负的海

---

① 三月十五日（ides of March），语出莎士比亚戏剧《恺撒大帝》第一
　　幕第二场中名句，"Beware the Ides of March（小心三月十五日）"，
　　这是预言者对恺撒的一句警告，果然在罗马历三月十五日，恺撒遇刺
　　身亡。

唤醒坚固的手，以上帝之名白日来临

拾起蕨草

使倦怠的众河歇息，雪崩群集

我要杀死你，置于

花丛中的吉尔伽美什的犹太人身体

乌鲁克①，诱饵，舟筏上的印第安人

目标，胸膛，人民的小饰物

内脏，提桶，征税道路的统治者

天使们静静鼓翼，静静缀在众星的网中

我不想被拔出，我不想跪在一排排的印刷品上

我不想被牧羊人唤醒

我要轻轻呼吸，我要说出目标

身体的力量，我要展开雪崩

倾听笛声，种下一棵树

让那双国王的手洁净

让山洁净，生命洁净

银河的道路洁净，天赋洁净

---

① 乌鲁克（Uruk），古代美索不达米亚南部城市。吉尔伽美什是乌鲁克
　第五任国王，其统治期当在公元前26世纪。

阴影

曾经你涉水过溪时，夜降临
我双手干净，我不敢仰望
或俯看水，死亡光彩夺目
火焰暗淡，空气一柱苍翠煤烟

我不时摘取一朵玫瑰，它照亮你的形象
你愉悦欢笑，我坐于桥墩
我听见桨橹击水，心怀恶意的人们
只要我能够生长，只要它仅仅开始旋转

只要它夜以继日，日以继夜都发光
只要它会下雨，只要光炫目
只要我能看，能触摸，能尖叫
只要地面会洞开，只要空气纯净

只要我能感觉到你的皮肤，你的牙齿，你的腰
只要我是你的，能够再一次握住你，抚摩你
能够告诉你童话，像你一样呼吸
神啊，言说，呼吸，欢笑并成为你的阴影。

"主啊，我如何升起……"

主啊，我如何升起
我何等强壮，可怕，聪慧
我如何裸裎，去壳，迁徙
皆你所为，神啊，我杀戮

花朵在园中，空气走进我嘴
蝴蝶翔于沙漠，肉在母亲们身上
如果我将表绕上手腕，我欢呼唱颂
鼓声，鼓声，蒸汽流动，倾泻出

与最高主宰的至乐交媾，你的食物属我们
桃树，肉体，山脉，烟雾
死者，他们的皮肤，项饰
我拔出那些金牙，卖了换面包

天使们自海上站起，基路伯翅膀翕张
我的诗篇像裂开的岩石
撞碎下巴，大叫，让我吃下主
让我始终是你的最高律法，直到终结

苹果

如此的一个爱神？如此的一个家？

它坠落，不计后果，泥土的腐殖质

树林，辉煌的夜之蒸汽

烟雾腾腾，我们命名那烟幕为海面

谁喷涌在苍穹？

谁供养天空的饥饿？

我们将环索放在哪里，年轻海军上尉，

疲惫的水手们？

好像光自身将示范我们如何采摘一只苹果

如何闻它，肉食动物

如何泼墨于光线，镜子们的冰

自掌上降下云层，谁在夜间勾引火焰？

谁知晓沃土，明了气候？谁懂得如何饲养火炉？

饥渴、唯利是图的头脑之畜群

令人厌恶的习惯，懒惰的口鼻

透特①的工作联姻共同的花床

蒸汽！蒸汽推动灵魂！织物！

断裂隐藏滑坡

猴子们饥饿，奔跑者饥饿

_____

① 透特（Thoth），古埃及神话中的智慧之神，同时也是月亮、数学、医药之神，负责守护文艺和书记的工作。相传是古埃及文字的发明者。形象为鹮首人身。

天赋舔舐捆绳，原则颤抖

躺倒，我要耙搜鱼类，面包屑的枯色

击剑运动员，巴洛克风格特技人，嘴的棚屋

看那疏松的世界关联，醉醺醺的蛐蛐

鹿皮袋，可怕的孩子们

轨道嘈杂喧闹，腐烂在快速游移的鱼里

断颈之险在众鹰的高地

包裹物，天使们的条条河流，刺穿的覆盆子

大地上我们不归档烈焰，不预见上帝的众殿

我们不翻起自己的手掌

在大地上我们颤抖，毁灭众水，养育烟雾

黑暗中我们将手放在太阳的饥饿上

沙漠中的石灰*

沙漠中的石灰，墙已筑起五英寸

卢布尔雅那①，城堡，巨大棕林的玫瑰园

海豚，煤，田地里的拖拉机，这不是只烟斗②

玻璃下的文件，花的乐园

谁拔掉了翅膀？

谁将长方形马蹄铁敲进地面？

死水，三十二块地

带斑点的焦糖，角落里的带刺铁丝网

座座大钟，步兵的足迹在面粉里

大草原充满我，跳舞，各种会议的组织

我们保持队形，他是归化的希腊人

带着象群周游世界，带着箱盒环游内陆

白垩线上的交叉口和方建筑

篡夺，殖民异质经验

---

* 以上7首译自《为马鲁什卡朝圣》(1971)。

① 卢布尔雅那（Ljubljana），斯洛文尼亚首都。城市建筑受奥地利和意
大利的强烈影响。建于中世纪的城堡在高地上俯瞰全城。该句诗所绘
景致即为从城堡俯瞰城市给诗人的印象，棕色屋顶林立的建筑仿如一
座玫瑰园。

② *ce n'est pas la pipe*，法语。源自比利时超现实主义画家雷内·玛格利特
（René Magritte，1898—1967）创作的《形象的背叛》，画面中一只写
实的烟斗下写有法语的"这不是只烟斗"，意指你看到的不是烟斗，
而是烟斗的画像。

是友是敌?

蒂萨河①上,桥,我行走在立方体的长蛇上

抢劫,这是非其所是

口中喷出条条溪流,拥抱树木

空气与水,权力与镶木地板

他们给我们拍照,我们翻腾涌动

我们带来耻辱和敬重

我们拂晓漫游,下降到田野

我们呼吸着风,可爱懂礼的侍者

闻胡椒,肉块,提着鸟笼的年轻女士陪伴在侧

观察着亚洲铝合金门窗

尼罗河,黑色胡须和国王的精美肖像

你会离开吗?我们能信任你吗?

闪光灯,更换车厢

来自布拉奇②的海龟,没有地形学我们会死

南安普敦,我被链条武装

背着帆布包靠在自行车上的人偶然站在那里

碰巧我潜水入海

麦尔维尔③会懂得,俄国人迁出

---

① 蒂萨河(Tisa),多瑙河最长支流。
② 布拉奇岛(Brač),克罗地亚南部亚得里亚海中的一座岛屿,盛产白色大理石。
③ 麦尔维尔(Herman Melville,1819—1891),美国小说家、散文家、诗人。一生经历坎坷、阅历丰富,著有美国文学史上最伟大的小说之一《白鲸》,但该书在出版70年后才获重视。作家生前默默无闻,晚年转而写诗,穷愁潦倒以终。

让我不受束缚，让气温升高
让光线锥在白油上持存
让粗帆布登上天堂
我握紧我的拳头，这样它会在太阳中光芒四射

鼓声

我是群众观点，一头母牛，
热带的风，我睡在水面之下。
我是贵族的食肉动物，我吃形式。
我在厨子们的白帽上击鼓，在他们的

围裙上击鼓，我是绿色融合体，水流进
疗养院，有潮湿制成的冰
覆在靴上。小小的鼓，湍流的冥河①
小小口鼻，一条狗在画中吠叫。

剧烈翻腾的温度，一扇门，我将金
指环扔进煮沸的燕麦粥。现在是秋天，
命运有相同的活动范围，行人发出臭味。
新的雪落在雪球上。

草地被浸泡，猩红色的外套，
空气旋转，灌木丛回旋穿过沙漠。
他们击打地毯，色彩随日出起身。
更多的人会看见我，伴着日出我变为清晨。

_____

① Styx，希腊神话当中环绕冥土四周的冥河。

"主耶稣在地狱里下油锅……"

主耶稣在地狱里下油锅。最长久以来
他放牧羊群已提供了十种羊毛。
亚伯拉罕飞在空中像只蝴蝶。
他十四岁通过了小学士学位
他们给他买了副摩托车眼镜。
每次洗澡他都祈祷别看起来像荷兰人。
主耶稣说：你看到这一切了？吾实
告汝：此地不会留存不会坍塌的
石上石。扫罗仍能闻到那恐吓与
大屠戮。主耶稣年方三十三被钉十字架
左翼盗贼在左，右翼盗贼在右。

向日葵

I

你睡着了吗，向日葵，黑色的种子，黄金，
你睡着了吗，众神展翼覆蔽你。
黑色毒液，密闭的奇迹，
你睡着了吗，露珠使你倒伏。

你睡，你迷惑地醒来，
尘土和火车、田野道路的纷乱，
你睡着了，正期待一位新娘，
一场黑色的雨，一滴滴的光。

一柄黑剑，一朵向日葵，金色的奴隶，
一株罂粟，一茎杂草，疲累人们的脚步，
他们的舟楫，载着泥土，你的死亡，
太阳的姐妹，一尊致意的雕塑。

在辉光中我沉思我的罪，
众蟋蟀，一块红砖砸进地面，
诸南瓜，兄弟们，带翼众兽，
向日葵，我们共享这土地，旋转的寂静。

II

呼喊是词，寂静的睡眠，
呼喊是天空，出自群山中的嘴。
呼喊是人，像沙漠中的尘，
黑暗的羔羊，澄净的磨坊。

呼喊是高傲，沙的绷带。
在钟鸣的明亮时刻，黑色的生涯。
呼喊是位元首，众人的深渊，
尘土中、泥沼中的石，罗恩。

像面包屑中的绿兽，
像无辜沉睡的，山谷的重负。
雄伟的马蹄铁，白日的生长，
冰冷的沼泽，赤热的繁殖。

狂暴的寂静山崩，烟中的指示姿态，
猫头鹰，禽鸟，撞击铁砧。
死牛犊，逝去的玛利亚，
山相撞，犁耙带土抛掷。

Ⅲ

别害怕世界之诸表象，
孩子。闭上你的眼。别害怕
道路。死者在林中。别害怕
哭喊和谷地，看，世界没有

枯萎，皮肤变成了煤。别
害怕草地，那些死于瘟疫的，
别害怕裹在颜色里的，
皮肤红肿的人。母亲们腐烂又回来了，

天使睡了，黑暗在等你，
一道白光。别害怕绕着房子的
沙堡，它们
护屋防火，是信号的

垄岗。你正吃着远离锡罐的血，
远离一匹马之鬃毛的盐，你属于
沉默和动物，属于门的朝圣者。
别害怕那些塔，列队

成行的火，别害怕奇迹。
干杯，你畅游在无节制当中。

饥饿种族的翅膀，梦想的叫喊，
守护天使看护着你的夜。

IV

沉思吧，孩子，静悄悄溜走。
沉思，人，动物，沉思。
沉思，倦怠者，山岭，沉思。
色彩，沉思。沉思血。

沉思大地。沉思，清晰的关联，
花朵和风暴，激情和阴郁。
沉思，火，渴望，沉思。
沉思，书页，沉思那风，沉思，信使，

沉思事物之名，道路和时间，
沉思尘土，屋舍里的房间。
沉思蹄脚的践踏，草原的明亮，
沉思秩序，圣洁人们的声音。

沉思向导们的负担，沉思，黑色的种子，
沉思苍鹭体重下的石，沉思，土地。
群山和树林，沉思，白色的兄弟们，
沉思，沉思苦难，睡吧。

死者

死者，死者

那里在大草原^①上鸟群掠过，白天被劈成两半

那里骰子顶部是窃窃私语的航船和载着船板的马车从悬崖弹回

那里清晨闪烁如同斯拉夫人的眼睛

那里在北方海狸们互相拍击，再听仿佛死亡的邀请

那里孩子们指着他们青黑色的眼，狂暴地在木头上跳脚

那里，用他们被扯掉的胳膊，他们恐吓邻居们的公牛

那里他们因寒冷而站立成行

那里面包散发醋的酸臭，野生动物的女人们

死者，死者

那里象牙闪亮，童话沙沙作响

那里最高艺术是将奴隶钉在半空中

那里谷物燃烧在广阔平原上以便上帝能够闻到

死者，死者

那里有为鸟类而建的特别教堂教它们如何承受灵魂的负担

那里居民们每一餐都折断他们的桌腿并踏步在桌下的圣书上

那里小小眼球是橘色的，妈妈们被一个个钉成方形

那里马儿被烟炱熏黑

死者，死者

那里九柱戏是巨人们的工具在圆木上擦伤他们油腻腻的手

---

① 大草原（the steppes），指亚洲、东南欧和西伯利亚等地的干草原，
俄罗斯大草原，吉尔吉斯大草原。

那里萨拉蒙将被尖叫致意

死者，死者

那里所有的门房都是黄种人因为他们眨眼更快

那里肉贩子被用球拍打死并被曝尸

那里多瑙河流淌进银幕，从电影里进入大海

那里士兵的号角是春天的信号

那里灵魂们高高跃起低声合唱

死者，死者

那里朗读被砾石加强，当我们击打它，便能听到它的隆隆声

那里树木有圈圈螺纹，林荫大道的膝关节

那里他们将出生后的第一天切进孩子们的皮肤，就像切进轻木中

那里他们把酒卖给老女人

那里青年刮擦他的嘴就像挖泥船刮擦河底

死者，死者

那里母亲们自豪，从儿子们身上抽出细丝

那里机车上覆盖着麋鹿的血

那里光腐烂，破碎

那里部长们身穿花岗岩

那里巫术使动物们落进篮中，胡狼践踏在水獭们的眼睛上

死者，死者

那里一个人用十字架标记天空的每一边

那里小麦粗壮，双颊被火吹得鼓胀

那里群群飞鸟有着皮革的眼睛

那里所有瀑布都是生面团的，他们用年轻生命的黑丝带系紧它们

那里他们用木钩打断天才人物的足弓骨

死者，死者

那里摄影术限用于长爆成纸的植物们

那里李子在阁楼晾干，然后落在老歌里

那里士兵们的母亲推车运食品包裹上架

那里苍鹭建造得如同运动家型阿尔戈英雄①

死者，死者

那里水手们来访

那里在豪华府邸马儿嘶鸣，旅行者嗅闻

那里小小浴室的瓷砖覆盖着鸢尾花种子图案

那里食人魔被喂以木制墙面板

那里藤蔓的枝条被灰色面纱裹住因而嫉妒的眼被覆膜

---

① 阿尔戈英雄（Argonauts），希腊神话中出现于特洛伊战争之前的英雄群体，他们因陪同伊阿宋乘阿尔戈号前往科尔基斯（今格鲁吉亚）寻找金羊毛而得名。阿尔戈号后来化为天空的南船座星座。

海盗和圣方济各*

海盗，圣方济各，该
睡了，从我们的旅程中歇息，
虚无主义者和牧众，你后倚
你也伸展，牧羊人保护我们

罪保护我们，平静河谷的双翼
悬崖和春天，大地和根系
内部被损毁的殖民地灰烬，嫉妒的蜻蜓
船之桅杆，磨坊的辘辘声

扬起的干草保护我们，沉思默想的蓝鱼
松树，孤寂的房舍
弓箭手保护我们，死去的家畜供奉给诸神
我们异教兄弟的歌，木的精灵们

维纳斯，窃贼的保护女神，欧洲越橘，鹿
孩子们的笑声，桨手们在阿诺河①上
市场，黑手党，被太阳晒得焦黑的水手保护我们
动物们的活动催眠我们。

---

* 圣方济各（St. Francis，1182—1226），天主教方济各会和方济女修会
 的创始人。终身神贫的圣方济各和他那群喜气洋洋的跟随者（小兄弟
 会众），构成了基督教简朴的另一种模式，他们沉醉于上帝的爱中，既
 传教也歌唱，充满着狂喜之情。
① 阿诺河（Arno），流经意大利托斯卡纳地区的河流。名城佛罗伦萨等在
 阿诺河畔。

红色花朵

红色花朵长在天空，花园中有簇影子。
光弥漫，光不可见。
那么影子如何可见，花园中有簇影子，
大块的白石散落四周，我们可以坐在上面。

周围山岭一如地球上的山丘，只是低些。
它们看似极为温柔。我想我们也是，极其轻盈，
几乎足不沾地。我踏出一步，
红色花朵似乎缩回了一点儿。

空气芬芳，清凉又火热。新生命
靠得更近，某只看不见的手平稳地将它们放在草地上
它们美丽，安静。我们全都汇聚于此。
它们中的一些，游向此地时

在空中被推转，切除。
它们消失，再不为我们所见，它们叹息。
现在我的身体感觉自己如在一个火焰的坑道里，
它面团般起身，细雨洒落散入星辰。

天堂里没有性，我感觉不到手，
但是所有事物和生命完美合流。

它们奔突离散，只为变得甚至更为一体。
色彩蒸发，一切声响都像是眼中的海绵。

现在我知道，有时我是雄鸡，有时又是牝鹿。
我知道有子弹留在了我体内，它们正在瓦解消散。
我呼吸，多么美好。
我感觉自己正被熨烫，但全然没有灼伤。

"诗一定得由音乐做成……"

诗一定得由音乐做成，蛾子们！
我把灵魂埋在沙里，所以它会在那儿躺会儿
藏起，长出壳，变得安全
这样当魔鬼下嘴时，他会牙齿打滑

巨人们的赞美诗，裹住了肩膀
我砍下头发，脚趾，一幅幅画作的黑开端
我饲养王子们，我不碰那些逐猎之所
我死在议员们面前，在燃烧的鹅群中

我有强壮的血，库存丰富
我用肥皂给嘴抹油让它们叫声尖厉
若我的影子落在发光的金属物上我就把自己扔上去
不把它暖和过来我不离开

如果太阳在我储存的伟大冬天们于荒凉之地
埋下我之前通过这扇门，墓地应被十字架环绕
让我安息，这样时间就会被看见
我的头发、脚趾应当存在密封的聚乙烯口袋里

重量

我手抚羊皮纸入梦，黑暗降临
一场荒野山崩埋下云衫的低吟
松鼠们，如此高居，如是安宁
沿着山间小路，变化日子里的墙

那唯一众人，大师，黑暗炽热如同雷电幽灵
被盖上封印，法厄同的坠落
无罪的马向着大地赛跑的弧光
一些人的礼物，对另一些人，是被抓住的飞翔鬼魂

我为此而活：在太阳下蜕皮
像平坦的大海凝视着光
看那尘土和在尘土中的一块
眼中土地里的主的足迹，丝绒般阒寂

适时落下，在你看时，不带激情
你，异乡人，你，无声的夜，我的猎物
将变成潜行觅食的胡狼，被毁灭的怪物
在你身旁一次次振翼的召唤中，是律法的重量

我是石匠

我是石匠，尘土的祭司
强固如怪兽，面包的痂壳
我是睡莲，圣树的士兵
圣梦的护卫，和天使们一道我大叫

我是城池，一道死去的石墙
我运送舟船，津口摆渡
噢，木头！木头！
来此，小小苍鹭们，一粒种子

来吧，园丁们！光，现身！
来吧，伸长手臂，一块窗玻璃
蓝色旋风，平静的原野
诸层面之生命流动的风息

牧场燃烧，岩浆沸腾
牧羊人等待，不眠不休，以翼践履
狗群，嗅闻自己，狼狗
这里记忆站定，秩序，未来的标记

白色伊萨卡*

向我敬礼，众星
点起火来，野兽的脖颈
点起寒冷，阿卡狄亚①
阴影中的深紫火焰，头盔砰响

为我显示大海，洗礼，贪婪，
迷途的白色绵羊，凋萎的肉体
让我看色彩航行
听圣母的钟声，倒下的栏杆

让我把飞翔给生灵，面包给人民
把罪给和风，给酒一把剃刀
让我看到一船船铝土矿，太阳在大地里
锁链在墙上，一个白天的种族

加入星辰的军队，在蓝中烧尽
留下无气味无碎屑无沉默无形象
让我看到竹子，纯朴的土地
鹿的嚼咽，白色伊萨卡

---

* 伊萨卡（Ithaka），伊萨卡岛，属希腊伊奥尼亚群岛，在荷马时代已闻
 名，据传是《荷马史诗》中英雄奥德修斯的故乡。
① 阿卡狄亚（arcadia），位于希腊伯罗奔尼撒半岛中东部地区。其名源自希
 腊神话人物阿卡斯（Arcas）。在古希腊神话中，此地为潘神的家，在
 欧洲文艺复兴艺术中，阿卡狄亚被视为未被破坏的、和谐的天然野地。

再次，道路沉默

再次，道路沉默，安宁静黑
再次，蜜蜂，甘美，沉默的绿地
河沿垂柳，谷底矿石
眼中的山岭，动物体内的安眠

再次，儿童躁动，汽笛中血涌
再次，钟里青铜，舌中的香息
旅人们互致问候，瘟疫强固关联
野鹿行在掌中，雪在闪烁

我看见了清晨，我行色匆匆
我看见虔敬尘土里的皮肤
看见欢乐的尖叫，我们怎样一头扎向南方
托莱多①男子，两个小小的搭车人

景象清晰，花朵羞怯
黑暗铅封的天空，我听见一声尖啸
爱的时刻将临，高大雕像的时光
沉默洁净的雌鹿，梦幻的菩提树

---

① 托莱多（Toledo），始建于罗马时期的西班牙古城。1085年从摩尔人手
　中解放之后，托莱多成为基督教文化的中心之一。

（是你）*

是你，全部的你，是你

你握住我，所以我活着

所以我的刀剑断于诅咒，死亡亡于希望

我击杀野兽于是你盲我眼目

于是光耀亮在沙漠，雪崩崩于兽齿

于是火在大海中心辉映，水在梦中涌流

于是光辉与深渊并临，现出被屠戮的数字

钉进律法中的白色汽船

置于肩背上的武器

你是，母亲，于是空气不会爆裂，灵魂不会溺亡

于是疫灾之后我星芒闪亮，笔直立行

---

*　以上12首译自《白色伊萨卡》（1972）。

7月30日，安德列兹*

弟弟赤身露体，
美若初春，大踏步
穿过大厅，用爱
杀死羔羊

我们吃并沉思这形象

雪橇锈在冬与冬之间，天空垂得更低
湿气生长
大地结出草莓
士兵们饥肠辘辘站着
在如黄昏般的黄水仙花丛中
一个透明、纯净的警卫

百叶窗，关牢闩紧
标记山路的人在森林和山岭间

---

* 指托马斯·萨拉蒙的弟弟安德列兹·萨拉蒙（Andraž Šalamun，1947— ），
斯洛文尼亚画家、哲学家。在1966年至1971年，和其兄同为斯洛文尼
亚先锋艺术团体OHO的成员。自1975年至今，他已在国内外举办过
超过50场个人画展，1993年获得了普列舍仁绘画奖，他居住、工作在
科佩尔。

哦，卡文山①，空气里充满天使

军用通道，面包，面包
哦，西比尔，裂开的固化色彩
不可动摇、无从改变的渴痒

---

① 卡文山（Mt. Čaven），位于斯洛文尼亚西部维帕瓦谷地，海拔1242米，
适于郊游远足。

在中欧

穿过中欧的草地，你看到
山岭，林间小屋，缕缕阳光。
在长长的雨季，沿着碎石路
麋鹿从你手上觅食。

牧师，薪柴，康乃馨，
移民们爬上船，
背着沉重背包的孩子们将苹果
核扔出火车窗外。

在中欧人民被铁丝网防护着，
八月永远刚刚过去，
你仍对跳舞的人们感到忿恨，弗尔巴
湖区，布莱德湖①。

你像盘状博利纳斯②，恶毒的绿色萨克拉门托③

① 弗尔巴、布莱德（Vrba, Bled），斯洛文尼亚西北部旅游度假胜地，
布莱德湖是弗尔巴湖区中最有名的湖。
② 博利纳斯（Bolinas），美国加利福尼亚州圣弗朗西斯湾地区的一个未
被承认的沿海自治社团。
③ 萨克拉门托（Sacramento），美国加州中部城市，名源于西班牙语
"圣事"。19世纪淘金潮时的重要城市。

满是石油，优山美地①，闷热的蒸汽。

当竹子生长，

当竹子到达斯帕普尼②

当所有的铃到达斯帕普尼的

门。

---

① 优山美地（Yosemite），美国国家公园，位于加州中西部，园内多为
原生地域。1984年被指定为世界遗产。

② 斯帕普尼（Sispapuni），美洲霍皮族印第安人起源传说中的进入第四
世界的大门，在一株直通天界的巨型中空树木或芦苇类植物的顶端。

鸟王

衰退是意识模糊。你喋喋不休
堆积砖块为了什么，仿佛它们是
不同地层的内部
几乎把你拧干，把你陷在一个黏腻

贫瘠的陷阱里，吸干你，你这蠢货。
你付了五毛一买牛奶，这
很好，好多了比上次
付了五毛四。首先砍掉这棵树。

带着全部热忱阅读一张清单和
一些东西的明细账目，它们属于
科尼利厄斯·多里默斯，他1774年
受洗于阿夸克科诺克。①你不会

被摧毁，一种色彩会即刻
携你去世界各地。

---

① 此节诗来自对W.C.威廉斯的长篇名诗《帕特森》中以下诗段的阅读
"Cornelius Doremus, who was baptized at Acquackonock in 1914, and /
died near Montville! in 1803…"威廉斯诗中随后录有一份真正的购物
明细清单，或许《鸟王》一诗在对W.C.威廉斯的诗歌理念表达意见。
阿夸克科诺克（Acquackonock），即今新泽西州的帕特森市。

不会有图形缓缓滴下像
树脂渗出软木树，如果

有，它们立刻就会在那儿。
没必要为意象施肥。意象
不需要雨。它必定自
无中生。它得戳出印记

像盖在世界身上的邮戳。像这场
鸟王舞。他不会
在地上蹒跚而行，他不会用历史
使双脚蒙尘。我们找到他直接

从莱斯博斯岛①。途中他仅是访了访
朋友，卡图卢斯②。他是最高的
一跃，在这名为爱荷华市的魔法球中，
他是最闪亮的鲍勃·皮尔曼③。

---

① 莱斯博斯岛（Lesbos），爱琴海东北部岛屿。因古希腊女诗人萨福而
闻名于世，"女同性恋"（Lesbian）一词即由岛名转化而来。

② 卡图卢斯（Gaius Valerius Catullus，约前87—约前54），古罗马诗人，
在奥古斯都时期享有盛名。他继承了萨福的抒情诗传统，对后世诗人
彼特拉克、莎士比亚等产生了深远影响。

③ 鲍勃·皮尔曼（Bob Perelman，1947—　），美国诗人、批评家、编
辑、教授。萨拉蒙诗作的合作译者之一。

诗

所有这些荒唐的文化防疫线 ①
南斯拉夫，爪哇，布加勒斯特法庭，都
注定是害虫。伸手触摸我们的丛林
知道比我们的松树更高大的树。色彩

比老鹰更丰富的蜂鸟将啄我们的
伤口。白纹斑马线般的名字，瓜波雷河 ②
蓬塔阿雷纳斯 ③，将会缠绕弗莱辛手稿 ④
并窒息在其上的常春藤。从地下掘出的

党羽会有一个捣烂的屁股，因为
缺少生殖器。爱会给火花让路，
鼓声给丛林让路。黄种人给白种人让路，

黑人给黄种人让路。而对于正在召唤
这首诗，迷失在十字路口的你，面对着
只允许内脏、大脑给火让路的数条小径。

---

① *cordons sanitaires*，法语，防疫线、卫生封锁线。
② 瓜波雷河（Guaporé），位于南美洲巴西与玻利维亚之间的河流。
③ 蓬塔阿雷纳斯（Punta Arenas），位于智利南部，是麦哲伦海峡西岸
　的主要港口城市。巴拿马运河修筑前，是大西洋与太平洋间过往船只
　的加煤和加油站。
④ 弗莱辛手稿（Freising monuments），通常称为 Freising Manuscripts，
　是第一种使用斯拉夫语的拉丁手稿的衍生文本，是斯洛文尼亚民族已
　知的最早文献。

"伟大的诗人们……"

伟大的诗人们
在一行诗中预言自己的死亡。
当他们拖垮,
耗尽了他们的守护天使于是它睡了,
他们用真相刺穿大地。

没有手伸出将信号
推回黑暗,爱人们入睡
梦盖上身仿佛在苔藓遍布的山谷。

他们没有听到雷电,
没有惊起,
没有战栗,在海豹的
攻击将要成功时。

马鲁什卡在我明白之前蛊惑并拆散了我。
服务于爱和恐惧
她凶猛地站着像捕获田鼠的猎手,
随着她棍棒的一击我被终结在了边角。

尤卡坦*

马鲁什卡，安娜，弗朗西，鲍勃和我
将要去墨西哥过71年的圣诞节
我将默念我爱的人们，通过
一块玻璃看沙漠，安娜会嘘嘘

我会反思在一道白色强光中被粉碎的罪
因为我爱鲍勃，我会爱上月亮的身体当她
像马鲁什卡一样长大，我们休息
厌烦了举着灵与肉之间的大坝

温柔的，仿佛被赐予了美酒
感恩的，一只干净丰美的水果
在大地与天空的新的平衡间，藏起
在怀有敌意的汽油服务生面前，他被

我们身体的自由闪光伤害，坚持
敌意的妒忌，我们正在旅行，源涌出
大笑，随着一条满是老虎的河摇摆着
向南流去，生机勃勃的诞生

---

* 以上6首译自《美国》(1973)。尤卡坦（Yucatan），墨西哥尤卡坦
半岛，旅游胜地，也是最大原住民——玛雅人的家园。州名源自有趣
的误解，西班牙人来到尤卡坦时，问原住民他们所在的地方，得到的
答案是"Yuca-hatlanás?"（你说什么），或说回答是"Yuc Atan"（我
不是本地人）。

历史

托马斯·萨拉蒙是头怪兽。
托马斯·萨拉蒙是掠过天空的星体
他在曙光中躺下，在暮色里游泳。
人民和我，我们都惊奇地看着他，
我们祝愿他运行良好，也许他是颗彗星。
也许他是来自诸神的惩罚，
世界的界石。
也许他是宇宙中的一块肥肉
当石油、钢铁、粮食短缺
他将给这颗行星提供能量。
他也许只是一个驼峰，他的头
应当像一只蜘蛛的那样被拿掉。
但是那样的话某物接下来就会吮吸
托马斯·萨拉蒙，也许是领袖。
也许他应该被夹在
玻璃中，他的照片该被拿走。
他应当泡在甲醛里，这样孩子们
就能够看着他，像他们看胎儿，
变形虫，和美人鱼。
明年，他可能会在夏威夷
或卢布尔雅那。门房会倒卖
门票。人们赤脚走进

那儿的大学。浪头能有
一百英尺高。这城市神奇，
突然感动于在建设它的人们，
轻风和煦。
但是在卢布尔雅那人民说：看！
这是托马斯·萨拉蒙，他和妻子
马鲁什卡去商店买牛奶。
他会喝它，这就是历史。

草

我想要如此快乐所以我变成了神

而我也因此迷失、被忘却。

我写诗因为我是一株仙人掌。

人们彼此泪汪汪的

所以他们互相亲吻嘴唇。

我甚至不知道怎么为自己准备咖啡，

所以和我住在一起很困难。

马鲁什卡忍耐，安娜不容忍。

好像一只老虎正扔着铁饼

并懒洋洋地玩耍它，确定它的高度。

但老虎没有手，不知道怎样玩

不能够那样玩，老虎有一颗心和许多牙。

许多河流过我结出我这颗果实

万物都是绿色的，绿色的草。

我悲伤时，起身

漫游世界。

我压根儿没准备好面对死亡，

但我随时可以吞下那阵过堂风，

像南妮给我的汤。

死亡一定闻起来像个瀑布。

死亡一定闻起来像妈妈。

没什么惨苦追着我。

现在我四岁了。

四岁半，

是我爱的那个人的儿子。

要是我再大些，他也会不得不

超过二十二岁。

可我想让他永远年轻

英俊，严厉像他今天一样，

所以我将永远只是这个年纪。

我是个俄国人，因为他是。

辛迪给我拿来咖啡，因为我

如此集中心力我散发开来穿透屋宇

进入院子，到达公园普照松鼠

那些安娜想去与之玩耍的松鼠，

此时马鲁什卡正乘船归来。

我们要住在一起而我会说：

不是没有曼巴蛇在美洲。

1972年9月20日

安塞尔姆·霍洛，约瑟芬·克拉尔，小狗卡斯特，猫咪鲁迪
昨天帮着我出生了，
得救了，我希望。他们抱着我和我谈呀
谈。学习，吵嚷，躺在
神的膝上，四下观望，嗅闻，爱
拉我的耳朵像拉只兔子。这就是我的生活，
如此巨大的快乐以至如果我误入歧途我宁愿立即死掉
诗人爱上诗人会受到严重
伤害。一个诗人再生出另一个。再生
是当爱，一道纯粹的白光，将你掷回
子宫并将你由内翻出如一只手套。那道光
将你吸进死亡而后驱逐你。昨天在爱荷华市，
1972年9月20日，我，托马斯·萨拉蒙，经历了一场神圣谋杀和
复活。哦，主啊，哈利路亚，我被重新生出，我温柔，
脆弱。这个奇迹是全部春天的到来。
在美利坚，在英格兰，在南斯拉夫，带着爱的
疯狂能量，带着恐怖的痛苦。这是第二个
奇迹。彼得·特里亚斯已经找到了能量来起誓
第一个奇迹发生在希腊彼得的同学阿列克谢身上
并已被记录下来。他差点没躲过被摧毁。
我过去三周写作中的绝大部分都被
听写了下来，当我写着我的墓志铭，我看着

已完成的产品，突然明白了。我被

一种骇人的、野蛮的恐慌抓住了。我写信给彼得

告诉他谋杀是一场圣礼，不是某个人的错，

我爱他，然后我上车开车离去。恐慌

如此可怕，我感到好像正被内爆至

四分五裂，我的腿在燃烧，什么东西马上要炸裂

我的胸腔。抢在它前面一分钟我开车走了

到了草地上。大地开始震动，我感觉

安塞尔姆像颗清晨之星也像

一头敬畏的圣牛步行出发去迎接他。我们谈起

命运和被召唤的天恩。他们给我喝伏特加

和杜松子酒，当我醒来，我湿漉漉的

仿佛沾满露珠，像一个纯粹的孩子在银色山林里。

安塞尔姆在录音机里放进琼·贝兹。

我想到马鲁什卡和安娜、约瑟芬和安塞尔姆，

想到彼得和琼，我满怀感激。我希望我

优秀，那样我们的生活就会快乐，我们就会彼此关怀，

仁爱。我想到母亲和

父亲，兄弟和姐妹，还有祖母。埃利奥特

和辛迪。一个人要经受多少，而我

曾是多么地不负责任和自负。我伤害过

多少靠近我的人。大地震动，大地因一个奇迹而震动！

神圣畏惧朝前走去。

"我的意识在滑雪……"

我的意识在村庄与村庄间滑雪，
吃腰果，定义树叶，
我的意识从一个洲跑到另一个洲
并从雪中造出一个个小柳条筐。
马鲁什卡，
受伤的奥菲利亚，
记忆召唤我们。

"我的意识有白色花朵的香味……"

我的意识有白色花朵的香味，
它将绿血固于黑茎，
用黑血它招待饥饿的猪，
红色的马。

我的意识是一头圣牛，
血滴在省略号里。

"我的意识是位妇女……"

我的意识是位妇女，一位美第奇家族男性成员，

被训练成一个射手、一位潘神。

它有五只眼睛：

两只黄鼠狼的，

两只乌鸦的，

而最初的，可怕的那只是独眼巨人的。

"我的意识有三联祭坛的香味……"

我的意识有三联祭坛的香味。
伐木人在皮革里种下木棍。
在木棍上他们挂铁环，
在铁环上他们拴
绿马。

我的意识是滴注沸滚麦糊的精力
我的守护天使，亲爱的，
让它休息，好精灵，
让它休息。

兔子

群蛇背上长着聚乙烯质的肩
体内携着绿莹莹青杏。
他们日夜给佛罗伦萨的银行写信。
兔子们前仆后继穿越尼罗河
大量溺毙，这样一只兔子终得越过。
它们中的一只用力吸气说道："我在吸气。"
它们中的一只喝着水说道："我在喝水。"
它们中的一只跳到鼓上像头圣牛
说道："我的鹿角在哪儿?
即使我是只兔子也该长它们吗?"
一个兔妈妈扔了株迷迭香
幼芽在他头上，谁能说清
这是愤怒中所为还是出于爱?
它可以照此理解：
从那鼓上下来，你这兔子，我们会爱抚你的。
但是兔子待得太远。
兔子吃着它浸在番茄酱中的爪子
舞蹈得像只老虎。
他的眼睛上蒙着"绷带"，
耳朵上打着耳钉还有蠕虫、鼹鼠、星星们
被用绳子系在鼹鼠的腿上叮当作响。
他在鼓面上蹦跳，滚落下来，砰!

他去到天堂说："这里不够温暖。"
他跳了出来，砰！他开发出污点
他通过它们喷射像一把水枪，
因此所有的书都湿了，翘弯，
被浸泡，它们只好无条件投降了。
兔子生出苍天，可怕的分娩痛苦，
太糟了，它们把亚历山大图书馆置于
火上。少数人系紧他们的驴子
嚷道："该死的蠢兔子。"

"一个种族，一块不充分的天鹅绒，……"

一个种族，一块不充分的天鹅绒，与
一块载满空话的平原接壤。惊奇
扯紧似弓。战栗粉碎
圣城的描述几何学。

你，清澈的人，你站在
城墙前。你，提供青草的人
为那天意选定的野蛮狗们，你是常态
在那灼热的高温中。拆开缝靠中心的线脚，

起航，蔚蓝！痛饮山岳冰川，家园！
领土，被器具化了的恩慈
是回流的权能，不去拥有只是
太容易过度的第一道诱惑。当心！

城市将已升起于坡地。光，
在地心引力下变得柔和，不会吞下
粘在这边缘的种族，带着禁欲主义的骄傲。
水是断头台。我是伟大群众的食物。

空气

你的身体是个管道，在其中

小麦，石油脑，食品川流不息，

是桥梁，马人在上面赛跑。

你的手是窗口，

你的言语是窗口，

你的身体是窗口。

无论你用心智触碰或抚摸什么

都会燃起一阵可怕的火还有气味。

在每个呼吸中，

在你引导我的每个动作中。

然后你弯腰，

然后我也弯腰，

然后我起身，

然后我起身走开。

你告诉我不要使用夸张的、饥饿的语言，

空气的干透的武器。

你告诉我要仔细。

你告诉我要善良于是我善良。

你告诉我要丰富于是我丰富。

忧郁和强大是我的堡垒，

我让国王们的灵魂溜走，

我从巴比伦游走到尼尼微，

又从尼尼微到巴比伦。

你指派我：

我英俊又傲慢，

因为我强壮又感伤。

你的身体是个管道，在其中

小麦，石油脑，食品川流不息，

是桥梁，马人在上面赛跑。

你的手是窗口，

你的言语是窗口，

你的身体是窗口。

无论你用心智触碰或抚摸什么

都会燃起一阵可怕的火还有气味。

帝国主义取走我的脑袋

早晨，我醒来，
感到怪兽已被翻译完了。
他消融，分解，翻译了他自己。
我没法把他叫回来，
他躺在另一边，懒猪，
我没法把他叫回来。
你不再吃草了。
草地被电焊机烧毁了。
你不吃我的嘴和声音，
你不舔我的耳朵了，小姑娘。
你无法突破，进入太阳，
但是你以某种沼泽贝类的
星际小分队为食。
点燃火焰，
世界的美丽人群，
点燃火焰。
温暖那土地抵御严寒，
祈祷斯洛文尼亚语言不会灭绝。
用你的手触摸我，马鲁什卡，
温柔地待我，好精灵。
我公然对你施魔法，
顶着神的脑袋和你做爱，

但你变得神圣了，我的新娘，我的语言。

我使你为王，给你船只和战斗，

为你造路回到赫梯人①那里去，

但是你害怕大象会踩踏你。

扭曲的干猴子，逃兵，技工，

一个狭隘的背景挫败你。

通用语给我空气，

通用语给我庇护，

通用语用油膏涂抹我。

通用语击打身怀闪电之人的灵魂。

我走进去，我吃，

我走进去，吃，施魔法，享受。

通用语取走我的脑袋，把我掏出

这个脂肪堆积的洞。

那里火花无法穿过。

要美丽，要充满勇气，我的语言。

拥抱我，握住我，

做我的皮肤，

发光的能量没有这些锁链。

---

① 赫梯人（Hittites），在土耳其安纳托利亚高原形成民族的古印欧人，在历史上以拥有精良的青铜和铁质武器及无坚不摧的战车著称。

雪

我融化雪！
我融化雪！
我融化了雪白，雪白的雪！
朗姆酒。

寂静，不可见的朗姆酒，
暴风雪。
一扇窗。
方尖碑——朗姆酒。

我融化雪！
我融化了雪白的雪！
你，你，
胆怯天空的蓝手，
理性的朗姆酒。

你，鸟儿！
胆怯的，天空的蓝玫瑰！

尼古拉·特斯拉*

当圣方济各脱下他的外套，
他不冷。他先前的生活冰冷
熬煮变成了酒。
当它变成了酒，鼹鼠们来喝，
蚱蜢，猫也来了，在中世纪它们
被牵在一根链条上循环走
因为它们都曾是狮子。
人们害怕猫会吃了他们。
不是真的，猫从不吃人。
只是那些懒惰的小僧侣们抄书时
如此恍惚以至到处露出斑斑锈迹，
就像在了不起的远洋货轮上的。
确实，猫是狮子，丝绸般狮子。
有些缝纫小筐在它们边上
即使它们是在沙漠里吃草。
它们在那儿吃草它们舔沙吃
就像母鸡当她们需要钙时。
母鸡们在黑暗中侧身躺着。
灯现在亮在所有的房子里。

---

* 以上13首译自《竞技场》（1973）。尼古拉·特斯拉（Nikola Tesla，1856—1943），生于克罗地亚，塞尔维亚人。世界知名的美国发明家，物理学家，机械、电机工程师，被认为是人类历史上一位重要的发明家。

尼古拉·特斯拉，通过艰巨劳动，抓出了
电就像剥豌豆的人们
把豆子从豆荚中分出来。
完成了，他说。这是电！阿门。
现在关上灯去睡觉。

词

词是这世界的唯一基础。
我是它的仆人也是它的主人。
虽然精神放出原子
去闻，触，感知，我们

同等于神祇，在这一领域。
语言遇不到任何
新东西。没有终审判决，
没有更优越的。假设

都趋于同心，在每一我们看见的
事物中，我们所见不多于
一粒沙。在对事物的凝望中它们似更近，
但那不是标准。我重复：事物们

不是标准。标准内在于
我们，是最终的离散。
死亡被那些人错误命名
对于他们光明隐匿。

写作＊

写
诗是
最

严肃的
事，在
世上。

像在
爱中
万物

显形。
语词颤抖
如果它们

正确。
像身体
颤抖在

爱中，
词语
颤抖在纸上。

啊哦！

诗人们，和女巫结婚，要么就去
同性恋。我对此做了大量思考，
没别的路。马鲁什卡是个女巫。这意味着
她会消失在未知的水域中或像火一样

明亮地爆发——总之，她总能找条出路。
她不时地抱怨对萨拉蒙的可怕厌倦
攫住了她，抱怨她的眼睑受伤当她移动它们时，
而我，觉得惶惑、丢脸，不得不想

我做了什么，要是最终证明我没找到
我的女巫那有多糟。只有业余爱好者相信
写作量与谋杀的进度同步。不，
尸体腐烂，使诗人们悲伤，徒劳无益，

他们喝酒成瘾，酗酒的诗人和酗酒的
裁缝一样。他们只在浪费原料。
同性恋有个优势：没有颠倒的天性
灵魂们亲密交谈，这可以很美好，但完全是

冒险，非常冒险，而且真正接近胡作非为。但仍

远强于一个肥臀少女坐在你的肚子上

压扁你，但正像我说过的：

它带着和一个女巫结婚一样的危险因素。

给愤怒者的书信

我的大脑是只蝴蝶，柔软的珍贵物质
透明的丝绸。摆动你的棍棒会
真的伤害它，或至少毁了我的一天。
你能想象一只蝴蝶，精疲力竭于设计

装甲机车的战略来阻止一头
狂暴如齐赫尔教授[①]的野兽？我原则上热爱的
教授。每一消逝的脉搏都是罪过，每一
失去的栖息于花的机会都是社会病理学的

经典范例。我的大脑是那宇宙，比沧海
更宽广。它友好地注视着白色鲨鱼
在海藻间累垮它们自己因为主赋予
每一微小动物以吃的权利。有许多里路

在海藻和凤凰之间。白色鲨鱼
甚至不是一只海豚，会用它可爱的拱弯
诱惑寻常的飞鱼。这个人会死于悲伤和
饥饿如果他从这样一张不会有的菜单中拣选。

---

① 似指斯拉夫科·齐赫尔 （Slavko Ziherl, 1945—2012），斯洛文尼亚精
神病学专家。

因为罪*

因为罪，我的侵蚀性的天然高贵，①
这咆哮，这翅膀扑打都是它的错。
我终日自夸，高呼，舞动，
日落时分我暂停：洁白的蓝之白色广场

被鱼叉叉住像条鲸。一枚细小别针
比一粒钻石还小，制成我的灵魂之
组织样本。嗨！那么你还怎么存活？
我最亲爱的，你怎么再生？

这些难以置信的可怜问题
托马斯·萨拉蒙提交给他的灵魂
以到达事物的底部。但没有事物。或

底部。只有这关于创造过程的启示性寓言，
所有永生的总有一天会摧毁
他的旁观者。为了安心高飞，*那可怖之人*②。

---

*　原题为法语 "Car le vice"。
①　此句为法语 "*Car le vice, rongeant ma bative noblesse*"。
②　"*il Terribile*"，意大利语，俄国历史上第一任沙皇伊凡雷帝常被称为
　　"Ivan il Terribile"。

北方

面向北方的北方
严厉、粗率，像照相机闪光灯。
显见的锐利，无声，快如闪电，
好斗，煞白，显见地到处是镁，

真空中的一挂瀑布，我说。
它编，它织，我给予。在过程
中途我的意识走脱奔向
我已忘记的香烟，意识冲破覆膜，伤害

集中的精力：它自己从我的后背开始，
它自己从我的肩膀开始，它
自己跳跃、攻击，只是一个不完美的
躯体所为，它首先更多地因兴趣振起

而非真实的某人，因为噪音，
因为雪白飞沫的撞击，
而这是北方，严厉、粗率。
它袭击它认可的雪白飞沫，

因为它能于其中留下印记。

宁静是连续事件冲过的

每一个铁块。它就是

面向北方的北方，严厉，粗率。

贱货天使

天使们的内脏挂出窗外像亚麻布
永不会洁白。冬天它们冻住
不滴落什么，但这是他们
卫生保健的最高程度。按照

第一命题，天使们回来
叼啄它们。按照第二命题，
他们把内脏卖给蚂蚁，因为他们的大脑，
在大型拍卖会上。那些命题在那儿

因为罪，一个文了身的愚蠢，
出自对可怕文本的书报审查阅读。
我不解释我的大贱卖，

你不解释你的大屠杀。
那么，天使们为什么该回来？
漫步在你的身边？

孩子们的空谈，孩子们的衣*

教堂地窖和众殿室在这边冰上，
那边是獾的皮毛和苍穹制就的
刷子。（孩子们的空谈，孩子们的衣。）冰
乃分类标准，坐居此地，做那唯一

监护；可变电阻器，经受我们凝视，
气候，经受太阳波动。城市
和村庄固守一体，赫拉克利特固守
*巫术歌谣*①之影响消失的土地。鸟儿们的

银腹合并成完整的十进制，
事事关心。农夫服务于小麦，继承而来的
成长姿态是膜状物污脏了冰面。可是：作为
早于仙人掌的一串人类积存，描述性几何学

比祈祷文更宝贵，因为它不拥抱器质性
世界的错误。描述性几何学只会遭遇一场爆炸，
因此魔法师的学徒们的死亡过期。恐惧消失，
敏锐变为负担，因为没有系统

---

* 以上6首译自《涡轮机》（1975）。
① *brujos liricos*，西班牙语。"brujos"是复数形式的"巫术"。

看管它，因此它变得危险而粗暴。主管
机遇之最大单位的战士知晓唯一的
法：教堂地窖和众殿室在这边冰上，
那边是獾的皮毛和苍穹制就的刷子。

多色沙漠*

当我们到达多色沙漠

我想起了海德格尔。

我对马鲁什卡说：我想要

在太阳下裸奔穿过沙漠

我还记起了安东尼奥尼①的恐怖

电影，但我仍玩味着

裸裎在沙中的想法。

而马鲁什卡说：别那么做，

你这混蛋。你认为我会看着

你消失在地平线上

追着你在沙里跑吗？

我说，我们俩都去。

那安娜怎么办？

我们把她留在车上，给

她曲奇饼。曲奇是

安娜的酒。

我又说，那确实很危险

---

* 多色沙漠（Painted Desert），美国亚利桑那州北部的一个地理景观，
   由五彩缤纷的地层小丘组成，位于科罗拉多大峡谷的西边，有一部分
   在石化森林国家公园中。

① 安东尼奥尼（Michelangelo Antonioni, 1912—2007），意大利电影导
   演，电影美学上最具影响力的导演之一。

但你的母性直觉足够强大

你会立即奔

回到安娜身边。

如果我感到虚弱就直接开过沙地追上我。

我想起了海德格尔和爱德·多恩①。

哎哟！多热的太阳啊，多么头晕目眩。

沙漠是个奇妙的性高潮！

安娜真在大笑。天空几乎是黑色的。

空气是黑色的。

多色沙漠色泽粉红。它的名字

是多色沙漠，但是如果你待在

沙中，沙不是粉红的

而是魔力四射的。如果你在沙中

伸展肢体，沙就魔力四射。

我记得有一次，当我还

住在那些大房间里，我如何装作

是格雷戈尔·萨姆萨②，如此的节制克己

使布拉措变得脸色煞白。我

问他要了些沙拉，然后我们俩

走到街上因为布拉措

认为我该清醒过来但我却继续

并叫住一个路人，还告诉他

---

① 爱德·多恩（Edward Dorn，1929—1999），美国诗人、教师，美国黑
　山派诗人群成员。

② 格雷戈尔·萨姆萨（Gregor Samsa），卡夫卡著名短篇小说《变形记》
　中的主人公。

我是格雷戈尔·萨姆萨。布拉措完全变成了

一支灰粉笔，他认定我已丧失理智，

确实如此。如果他没有把我撂倒

在修女院前

使我眼冒金星，勃然大怒，却也

满心感激，谁知道我是否还能够

着陆。布拉措呕吐起来

我看到他真的爱我，我又抱歉

又惊恐。到那时为止我不知道

事情已经过去。我跳回到车上。

马鲁什卡像尊铜像，安娜嚎哭。

马鲁什卡全面自控，

几乎一动不动。她平静地开着车

像辆灵车在66号公路上南行三十里，

然后停在加油站。

她的手仍在方向盘上，说道：

穿上你的衣服。而我知道她不是

女巫，她爱我。有时候这种

暴露癖会把我卷走就像

一阵风掸落一朵棉球。

随后我们在大峡谷①度过了

全然安静温情的五天，我不停地

给马鲁什卡拍照，

---

① 大峡谷（Grand Canyon），科罗拉多大峡谷，位于美国亚利桑那州西北部，色彩斑斓，峭壁险峻，景观神奇，并展现出近20亿年的地质变迁。1979年被列入世界遗产。

所以最美丽的美国

图片是那些马鲁什卡

身着我们在卢布尔雅那老广场

买的米色针织开衫，站在

大峡谷边上的照片，我还给她买了

一只霍皮人①手镯和一只霍皮戒指，

给安娜买了许多冰激凌。

---

① 霍皮人（Hopi），普韦布洛印第安人最西部的居民集团，分布在亚利
桑那东北部、纳瓦霍居留地中部和多色沙漠边缘。霍皮人的"预言
石"是具有广泛精神影响力的传说。

收割田野*

仍有空间留给一扇黄金门，
仍有空间留给一位王子的黑暗。
水晶闪光，结为一体。
拱门断裂。

仍有炮口，枪眼，
菩提树下的枪眼，
菩提树下枪眼里有黑色船只。
仍有波浪拍击如低语，
在翅膀里他们铭刻自身
像朗姆酒，像伟大胜利。

**时间的颜色*

从这里世界的
苹果弹出，滚过
一代又一代。
你和我
塞满我们眼睛的口袋。
我们砍倒松树林。
我们刮去捕鼠器上的锈迹。
我们拔除黑血浆的牙。
我两次攻击
一块厚土，用我的大镰刀
把它劈开。
我使羔羊、牛犊翻转向
使者，他们深深感动。
他们交出自己。他们绘彩的嘴，
痛苦的酒，溢出。然后我向着
强壮的月亮投出长矛所以我会知道
准确的时间。
那就是我如何知道的。
时间是个高个子，黄灿灿的，
是太阳的孩子，是太阳自己。

---

* 译自《德鲁伊》（1975）。

天体物理学和我们

天体物理学所设想的

它的背景，

它的天幕，

是我的摇篮。

这是真的，一开始我没长大，

我只是持续膨胀。

他们在我嘴里塞满拖鞋

因为一个计算误差。

因为毕达哥拉斯学生们的滥交。

我已记载下这些，

给它戴上帽子

把它记下了2500年。

事实上，我的月桂花冠在所有那些时代中

一直都没有问题。

黄金在绿叶之上自在呼吸。

这里，你重点关注大恐慌，

关注作为有罪的教廷公牛的炼金术

文艺复兴的混乱被定义为一片金箔，

一个世界银行。

是我，不是你，埃兹拉·庞德，

一直活着看到所有事物杂交的时代。

宴会

沿着所有行星的道路，
在彩色部分长得过高的陡峭岩石上，
覆盖着孩子们折断的粉笔灰，
我们看着一些部分
持续上升，
仿佛在水的重量下被压平，
它们缓慢升空：一个路标，
白窗帘升起。

精确呼吸不困难
在这里，在这个圈里
呼吸不困难，
也不难向前，超出，看起来
平衡就像是内置的，打不破的；
每次拓宽洞穴，
加宽或弄窄，
像未知的（想象不到的）呼吸系统的
活动，在显微镜下放大。

乡愁，夜晚，忧郁无效
笑声飘落如雪，
万物平行，那儿的万物都能

由这儿抵达，所有的"道路"在中间。

我们观察对此状况的反应，
慢慢地，一步一步，洋蓟的外层叶子
飘走。
我们能够给观念印上有选择的记忆。

那儿有个圈。
那儿有一个只是因为我们不能
用它。

无论什么观念，它们都被向心
处置，既远且近。
一个斑点，曾是一台升降机
现在是一道*瞬间的*放射线，因无形而安全。
开始工作得惊人的慢，
如同冬，夏，星星的轮转。

这关乎我们一直是怎么吃的？
我们每次都做了顿饭？

够了于是在过程中一个微小的裂缝留下
而万物惊人地快速再生，因此就是现在这样。

记成长和伤害日记的你，
看！

也许他们中许多人会读它，

光落处处，

当然只有这里无物下落，它出去。

中心，为我们所观察的能量源泉

在这程序中，是空。广袤宇宙使地点消失，

吃下它。能量，没有意识，跃过，（存在）

于否定面。因此万*物*都是在某物中，

多么粗略，因为一个观念，能被描述

成一粒沙，所有空间的剩余物

像锯木后留下的灰屑。

在一立方微米之上有无尽的

星系，每一个这庞大

空间，夜晚，众月亮，太阳们，无数星座

困扰我们，紧压我们的细胞膜。

交汇的银河与，当然，这些

"被注入的"联系，也，仅仅是压抑。

沿着这窗，在窗里面

有无数的其他文明，

无数的其他宇宙哲学体系。

因此痛苦不重要，

层次重要。

这是我在这里展示的。

"我乞求……"

我乞求这世界的
主人们温和些。
为什么我

不得不居于这个
厌弃
精神生活的世界？

为什么我
只能
在家中写下

我的五分之一的诗篇
并被迫
永远逃离

尤其是
我正要很快
爱上的

或感到窒息的
土地？

为什么我总感知到

非理性的
恐惧，
和对自由与

人类价值
的抗拒？
这首诗是一份特殊

诉状
和抱怨诉苦。
它源自我反复

经历的
震惊
和畏惧

无论何时我回到家中舔舐
来自创口的创痛。
我们许多人

都有这感受。
接受这诉状
和诉苦吧

它来自所有我们这些
外籍劳工①。

---

① Gastarbeiter，德语词。指1960、70年代因西德的劳工计划而移居西德的外来务工人员。

"天堂的历史为着人人……"

天堂的历史为着人人。
你不必饮任何人的血，
血，通过了审查的精液，
一个象征，保存体温
和扭伤的画面。
你自己必须做决定
来这儿或不来。
我只是一个斑点。
无臭，无味
无色，无肩背。我
不像某个钉十字架
可以造出的主耶稣。
没从那儿偷花朵，
当我把它们种在了地球上。
我不在任何人的存在名单上。
不是一台需要烧气的发动机
或像一个婆罗门运行
在日月之间。
我是纯粹精神，
没有结果。
与我同行天堂的历史被松绑。
永远近在手边地为人民，
猫，蝇，蜘蛛，百合与玫瑰。

1954年11月11日

1954年11月11日，晚十点：
我从健身会所出来往家走去。
我穿着件粗花呢运动外套，
在粗花呢运动外套下
是件蓝紫色的运动衫。
在凉廊和电影院之间
一个人叫住我
他看起来略带酒意。
他说他来自热那亚。
突然他整个地扑向我，
将手捂在我的嘴上
把我拖向现在是
市图书馆的通道口。
一开始，他吃我的运动衫。
绒线立即
变成了飘舞的雪花，在空中
翻飞，当它们落向人行道。
它们产生出一种水晶的声音，
它们看似是木质的，不是雪片，
在通道口里退远些它们看似被片片切下的广告牌。
当它们已形成一尺深的
地面覆盖物，

他噼啪鼓掌。

大部分物质固化成了一面镜子。

在镜子的中心出现了一个

长方形镀金画框——

它非常亮——

然后一颗星开始旋转。

当它的超高音尖叫

刺穿我的全身心，

一幅十八岁丢勒①的

自画像出现了。

丢勒还活着，

他扭动手指，但手指却不在

自画像中，

而在镜中连着剩余部分的

广阔隔离空间里。

我开始因寒冷而发抖，

与此同时，来自热那亚的男人已吃完

我的运动衫和运动外套。

突然他看似又累又厌倦

于是开始慢慢消失。

---

① 阿尔布雷希特·丢勒（Albrecht Dürer，1471—1528），德国文艺复兴
时期著名油画家、版画家、雕塑家及艺术理论家。被誉为"自画像之父"。

逐火之蛾

我生来就像只逐火之蛾。

爪子赤裸裸地伸至颈下。

我十四岁时

阅读了伊沃·安德里奇[①]，

土耳其人如何折磨基督徒，

他们将基督徒钉在尖桩上

于是天亮时他们看到桩

从基督徒们的伤口穿出，他们死去。

命运怜悯我的脸，

在一张纸上他们为我

写下牡蛎的故事。

我去了伊斯特利亚[②]，去到海湾深处。

我潜到水下，将牡蛎们

放到我颈下的爪子上。

我潜了三次水，

爪子溶化了，

我将神露倒在伤疤上，

---

① 伊沃·安德里奇（Ivo Andrić，1892—1975），前南斯拉夫作家。1961
  年诺贝尔文学奖得主。代表作有小说"波斯尼亚三部曲"（《德里纳河
  上的桥》《特拉夫尼克纪事》《萨拉热窝的女人》）等。

② 伊斯特利亚（Istria），位于亚得里亚海东北岸的一个三角形半岛，大
  部分属今克罗地亚，包括港口城市科佩尔在内的部分属斯洛文尼亚，
  还有的里雅斯特等北部区域属意大利。

将那页纸扔进了大海。

对那页纸的最后一击是

阿尔及利亚海军炸飞了它。

我二十九岁时

在纽约看了部色情电影

他们如何将一个漂亮家伙的长

玩具家伙捅进了他的直肠，那家伙看起来

确实像我在南斯拉夫的一个朋友。

他们把它转过来，像个钻头一样推进

直到它从他嘴里出来。

他看上去挺愉快，随后说

"漂亮了结"。我实在很担心

他，就写了封信告诉他

牡蛎的故事。

他去了伊斯特利亚，去到海湾深处。

他潜水，用牡蛎灌他的肠子。

他潜了三次水，

电影胶片消失了。

他将神露冲到他皮肤的外壁上，

将信扔进了大海。

对那信的最后一击是

内雷特瓦河①三角洲附近的

一个瑜伽习练者吞下了它。

---

① 内雷特瓦河（Neretva River），亚得里亚盆地东部最大的河流，全长 230公里，大部分流经波斯尼亚和黑塞哥维那境内，小部分流经克罗地亚。

宙斯与赫拉

卷须在古代有
一种象征意义。
它们是宙斯的丛丛胡须。
波塞冬得自己钉好
他的脚凳。他讲笑话，骂
人，然后跳到
爱奥尼亚海代表性的海面之下，
劫掠腓尼基人沉没的双耳罐。
赫拉用腿紧抓住桌子
在纯粹愤怒中通过了一项法令：
将地中海海盆收归国有！
一箱箱金币直接跳上
橄榄枝。一件红色马海毛毛衣
从奥林匹斯山到
雅典蒸汽浴室一路飘扬。
但是波塞冬把水推上了楼梯，
他踩在一块砧板上
用一根鞭子抽破胖颓废派们的
肚皮，他们日日夜夜
吮着嫩弱男孩的小家伙。
他们的大腿兴奋。
锯屑从他们嘴里飞进飞出。

在那个点和锯屑的点之间
他又一次挂起了卷须，
要为它们赢得一个象征意义。

布拉措*!

那个点如何生长?

那发辫,

那信众,

那骨头,

那光线,

一个新的中心,

如你告诉我的

从你的工作中奔涌而来

扎根于你,成长得如同一个发现。

虽然我不能完全把握细节,

但很清楚那时你正说到

那瞬间转换,

那无限平静

无限可怕的至高时刻

晃动着身体

因为就是在那,

出生,闪耀。

顷刻间水变为酒

---

* 布拉措（Braco），人名。在前南斯拉夫的克罗地亚语、波斯尼亚语等
语言里，是"小兄弟"的意思。

蓓蕾变为花朵，
于是银河砰的一声叮当撞到一处

人们目瞪口呆，
不能相信
闪光如此真实。

"无论谁若是把我读作……"

无论谁若是把我读作
反讽的
就是在上帝面前

犯罪。
我漠不关心
你们堕落的

防御系统
暴发户罪犯的
所有污泥，

——你们通告
为幽默和
存储你们

历史
经验的
便利店。

宇宙职责赞美诗

我颂扬自然的、权能的、圣洁的人们之兄弟情谊。

荣光的同盟，炫目闪光和神圣劳作的同盟，

行星的头脑和灵魂，我们，和你一样，是

喜乐的同谋，

小于一滴血。

我们（你和我和雨和尘），

我们（麋鹿和门和哭喊和缓慢爬行的蜗牛），

我们，蜕去所有的惰性皮层，

治愈受伤的人类心灵。

我们也不敢视任一时代和运动的火焰。

我们颂扬世界的成熟，它的无尽生长和静止，

它迈步雪上的无声行走，它雷鸣般响亮的瓦解，

我们颂扬所有人使用的神圣永生语言：

我惧怕，我快乐，我爱你，我想吃。

让每一事物都绽放进白日的光芒中，只不过如其所是，

进入生命之赠礼中空的美丽中。

而你们，堕落的黑色洞窟，

三流大师们在你们矛盾纠结的袋子里，

心地狭窄的高品位之精疲力竭的俘虏，对目标

孤注一掷，

我们邀你们出去跳舞。

像太阳照耀天空一般无疑，一个孩子的眼泪永远纯洁。

不要害怕，

尽管你们的火花自散入一百万立方英里的

恐惧以来已很久，

我们神祇一般的雨水也会将你们洗净。

我们怀着没有恨的爱和自由。

而你，滤去了血的语言，

出售你的身体，从激情到移居

在未经测绘的土地上，

你错了！

来和我们一起跳舞，成为我们的兄弟，

所有的色彩在我们的心灵中结为一体。

引水渠*

我应当在1884年生于的里雅斯特①

在古罗马引水渠上，但结果并非那样。

我记得三层的淡红色楼房，

底层是带家具的起居室，

我的曾祖父（我的父亲）

在紧张地研究股票市场报告，

吞吐着雪茄并飞快地算计。

当我已四个月大在曾祖母的

腹中，召开了一个家庭政务会，

结果是推迟

我的降生至两代之后。

决定被记下，纸片塞进了

信封，盖上印，寄去了维也纳的一处档案馆。

我记得朝着照在我腹部的光亮

倒走回去，并且看见一位老先生

在忙乱地权衡，从架子上拿起另一具身体

并将他头朝下推进通风井。

我有印象那时我七岁，

而我的替代品，我的祖父

* 以上11首译自《庆典》（1976）。Acquedotto，意大利语，高架引水渠。

① 的里雅斯特（Trieste），意大利东北部靠近斯洛文尼亚边境的一个港口城市，不同于意大利其他城市的南欧特色，具有鲜明的中欧色彩。

稍大一些，九或十岁。
我很镇静。但是这些事件扰乱了我。
我记得一度我枯萎了，
最有可能是因为强光，
然后我的肺扁平得像个口袋。
当我达到合适的紧张度我睡着了。
我知道我的身体在下面病了，
并且在我的梦中我多次看见它。
它是个长着胡子的动作缓慢的人，
一个终生的梦想家和银行家。

给亚沙的诗

I

我厌倦了独自一人。
持续吃下一个世纪
这事
变得像
数豆子
一样枯燥

II

亲爱的契罗和爸爸，
看我们正在干什么！
我们亲爱的太太们，
别厌烦，也别搅局！
我们像两只美好的胖猪
拍着手。
海克力斯！海克力斯！
我们一巴掌接一巴掌地拍，加油
为我们的马努什卡们和什特夫卡们
和我们的儿子们——

这些小锥子——
怎样仓促地冲进生活。
我们点亮蜡烛和星星，
闻来甚佳。
然后这小呆瓜，
古往今来最伟大的诗人，
把我一屁股推到了地板上
又把红酒倒在了门前
在这圣诞过后的新年里。

Ⅲ

我曾身带一个国王。
身带一个希腊神祇。
他像颗葡萄从我的脑袋里逃离了，
直到我吃他他才
受伤。他叫我
金色人并用他的全部力量
杀死我。
我用我的每个动作
攻击他，正中目标
我踩踏它
像踩一枚小金币。
他是坚不可摧，
温柔，

强固的美丽动物。
他舔舐我的双手
于是我立起似面包。
他是只画眉，
知我每一举动，
甚至在他假装睡着时。
我们的儿子互相天鹅绒般轻触，
各自惊奇。
我们的妻子黝黑，
她们发舞飞扬。
她们都伏在马背上往前冲，
鞭子握在掌中。
她们都把抽屉开开合合，
取出汗衫和玩具，
一个地球。
我吃小麦。
我变得更强壮更广大。
做孩子时我忧虑，像颗
碾碎大沙粒的
小沙粒。
我慢如蜗牛，
但是我的触角如此系统地
舔着上帝的眼
使站在一张薄膜前的他
越来越累，于是跳进了
黑暗君临前的

所在。

IV

当我躬身进入庇护的

石头，我的妻子睡了。

她犁地①。鸟儿也睡了。

黑麦宽展成穗钉，

旅行者亦在泥中啄行。

他触碰水和桨橹，

用牙齿。南瓜种子

吱嘎作响，插入审改。

但这不是它所涉的全部。

它关涉诸循环和永恒的

泥沼，尽管只在一块地上，

那里茎梗直立

自风和血中，

有许多黑色大地的土块

卧于我身下地上。

---

① 英译中用的"plough"一词，既有"犁、耕"又有"皱额头"之意，
  是双关的用法，皱额头是诗中人睡着时的外在姿态，但在梦中可能出
  现犁地的景象。因而下句才会自然延伸出"黑麦"的意象，而黑麦宽
  展成"spike"，这个词既指谷类的"穗"，也可指包括"鞋钉"在内的
  各种钉状物，亦是双关，才可自然延伸出下句中的"旅行者"。以
  "自由联想"的梦境原则所作诗节，其巧妙的"语言—梦中景象"的
  有机关联设计在汉译中很难兼顾双关义。

V

有两种紧张，
是同一位妇女。第一个躺下
第二个叫。有只公鸡
站在房顶，摩西，只有这种
屋瓦上的行走才能带来雨。
我的头发是宇宙的
负担。但只有一秒钟，暂
时是。最后薄膜
破裂。在众墙和诸篱之间
万花的千色开口。

VI

今天是一月十二日，
一顿红皮肤瘦蠕虫的
盛宴。一只鸟被利铁般
钉进了它的飞翔
而当眼睛移动，
一具身体如石坠下。
它抛锚自己，将自己撕裂。
一片新鲜草叶就是一名警卫。

而对于在它一旁草地上
磨坊主和牧羊人建的
所有磨坊来说，记忆消失。

VII

我由燃烧的白色木板
做成。
翅膀仅仅是
重量的转移，事实上
我以天使现形，
另类的，
在一座建筑物下。
风暴给我的伤害
小于时间。而时间
在一根金属丝，一抹飞沫中，
对折的，压扁的，
只是一个虚构的和平条约。
实际上它烧啊烧，直到烧光。

VIII

黄色能量迸射出
熔浆和种子

养育我种族的
种子。
可我打着哈欠。
这不好。
你迟到了。
他，给了我们一个先在，
用他的网捕获
鳗鱼，蝴蝶，
火鸡和走兽。
一些白如脾脏。
一些很新鲜，
巨像听着。
可是他没有被赋予脚步
这一步之后是像水那样蚀刻
祭坛。

IX

你一生都将要走。
你一生都会是一个
注定的领袖。
你是一个复印件
从国王那里继承来的国王
不会废止权力。
我给予了你一切，

没给任何其他人。

X

亚沙和我要是结婚的话
我将不知道谁会变成
什么。我会成为左边的小翅膀，
他会成为右边的小翅膀，
但是我们大概只会画个
烟囱。我想我会在海湾里把他
扛在肩上这样他就能休息了。
他需要这个。我会看着他，
看他如何睡觉，我不会打击
他的灵魂。这会使他变得如此
巨大，以至最后他会
厌倦。我想要减轻他的负担
这样他就可以伸展。他就会变得像
我一样，能够高于所有那些我
实际上向之折腰的，
掺上杂质的，完全放弃
并且失败的东西之上。像
现在，此地，我跪坐在
厨房的椅子上，
在这美丽的棋局之后，
说道：

看，瀑布自我的发梢和腿脚落下，
我是一道喷泉，
你使我安歇。

培养王子*

I

　　哦你，年轻人，黑若斯达特斯①，
　　你在无木之地焚烧木头。

问问这世上的妇女们
我有多强壮，多甜蜜！
问问我后代们的眼睛——
那些温柔、绚烂的湖泊。
我是太阳，咸腥潮湿的国王，
我的嘴唇是
风景和山岭的庭院。
问问这世上的妇女们她们是否
融化在我的悠闲和精力之下，
我的棍下，
我的蜜下。
如果她们在蔚蓝的阴影里受苦

---

* 　以上2首译自《星星们》（1977）。

① 　黑若斯达特斯（Herostratus），为了成为"历史名人"，古希腊青年黑
　　若斯达特斯在公元前356年7月21日烧毁了世界七大奇迹之一的亚底米
　　神庙。为了阻止他历史留名的目的，以弗所当局处死他后，明令禁止
　　任何书籍记载其事。但历史学家泰奥彭波斯记录了此事，因而故事为
　　人所知。

并晕倒于速度，
如果我以我的火焰
将她们锤入地下。
那么，你在我的生命里
正干着些什么，年轻人，
我的狮子，我的羔羊，我的王子。
我给你视力。
你的臂腿是我的臂腿。
我给你血液。
你的血是我的血。
那么你为什么扰乱我，
舞男画家，想要
逃跑，废除
印鉴；
星，闪烁在我的
能量里。

‖

牡丹花，谁沸腾在我的身体
之上，像尘土搅起的尘土
且剥夺了我血的自由，
何时那时光再来，
雪崩再度崩落？
何时那时光来临？

我是汩汩流淌的星辰之蜜，
我四散星裂。
像老虎和征服者，我摧毁
一切。
法律，
毁灭一个人自己印记的激情，
我该怎么做如果你
不能做爱？
怎么做，要是你甚至不能
将手放到我的肩上？
亲吻我，牡丹花，触摸我
就像在过去的时光中。
别，别做个失败者，
别在我的画中闲荡
黄色的辛辣植物，唯它能
平静下一座火山，
最沉重、最柔软的手，
我创造的压碎我
自己的手。

天使的方法

我刻记每一事物，每一死亡。
我看得出你认识我。
在眼睑之下我正变成黄金；
我的双臂悬停空中。
我害怕已杀死了你。
雪山崩塌。我是圣牛。
牛犊们舐舔赤裸的我。
我不再有无数乳房。
现在我已抓牢裹尸布。
随着我的手肘穿过衬衫
我触到你的尸衣，哦斯芬克斯。
一个苦难像天空一样温和、清晰。
快乐是嘶吼着的木头火炉
耀亮白天。
人行道上有位女士，
很可能，她穿着凉鞋。
说到快乐和慷慨，我正越来越
笨拙。我看见在你的衬衫之下
你长着可怕的巨大肉块。
你平静、止息像个面具。
你已卷起了你的星图？
已将它们带走？

我用手指戳碰空气
看它是否变厚了。
我常想到它会劈下雷来。
我会终结得像根圆木，或青铜
成为他物。
我不断地检查，看
是否我带着小水壶
好不时地喝上一口。
你也曾是一名士兵。
我是你的不受束缚的天使。

"丢勒的兔子……"

丢勒的兔子
嘶叫着落下
从一个伟岸的高度

落向
撑不住它的
亚麻布。它

就要冲
破，爆裂。
帐篷支柱，那揳进

大地的，就要
弯了。线绺将垂
挂向青

草。没有
风来消减两声
击中野兔的

枪响。亚麻布的

爆裂声和紧随其后
布面的摧毁声

在地球上
或许这就是所有
使线绺歪斜的力量。

家

膝盖是水，臀是空气。

常识①在野猪的心脏里沉睡

四个世纪，没被猎人

碰过。哪里是我的

中心天？鼻孔和心室

是兄弟，双胞胎。每个人：阿那克萨哥拉②，

毕达哥拉斯，塔木德③学者们齐聚

在天鹅绒般柔软的树叶里

在回家的路上被我偶然

采摘。现在我知道我看见什么了：

我闻它因为我需要天空。

在一列火车迅速穿过隧道，牛奶路

默默伸展，还有去年八月

落在褐色皮毛上的一滴水之间

没有什么不同。

这只狗的眼睛：记号的记号④。

我是触碰大地的人类之

每一步。

---

① *Sensus communis*，拉丁语，"常识"。

② 阿那克萨哥拉（Anaxagora），古希腊爱奥尼亚哲学家，理性主义者。

③ 塔木德（Talmud），犹太教中地位仅次于《塔纳赫》（即《希伯来圣经》）的宗教文献。内容分为：口传律法"密西拿"，律法注释"革马拉"，圣经注释"米德拉什"。

④ *sigillum sigillorum*，意大利语，意大利思想家布鲁诺出版于1583年的一本书名。

芳香的山脊[*]

芳香逻辑的山脊，

环形的尖叫在白色恒星们的灵魂里，

你，掠过水面，从你被毁的

家中出来喝酒的家伙，我能对你说什么？

它也伤害了我，

它伤害了每一个人？

你应该吃你的草然后睡你的觉？

我应该把将临的香甜气味

喂进你的食管？

它自从变成

去神秘化的过去之紧压嘴唇

那死去的并行表面上的光泽已有多久？

历史——在高于我们肢体之上的迟钝中

石化的无情糖浆！

见证人，我能在哪里为他们找到水？

我能在哪里为这潦草的成长找到法则？

我该继续喂养孩子们仿佛

他们是燃起贫瘠火焰的煤块？

我该再次在这不属于我的

灰暗土地上做意见一致的发言？

———————————

那不再是我们的了，不幸死亡

号叫的影子，随焚香洒落。

我在说别的东西。

在地球的纵轴中我感觉到一次停顿。

银河的轴，我们曾是，

现在破裂了。我所知不超过我所见。

我正靠近此地，我躬身俯首。唯有在这里

包括我们在内的正直粒子之

清醒握住真实。

我知道

昨夜，在水中，那里巴内特·纽曼[①]的
线条消失，我沉底。我浮上
水面。像一大朵暗黑，深蓝，
盛放的夜光花。真可怕，成为
一朵花。世界停止。
暗哑，像天鹅绒，我敞开，也许
永远。
此前，和托马斯·布莱奇[②]，我们
谈起财经的神秘性，
谈起眼睛，三角形，上帝，
对机遇，对斯洛文尼亚历史和
命运的
各种可能的阅读。
别碰我。
我是最伟大的资本正如我所是。
我是水，在其中

---

① 巴内特·纽曼（Barnett Newman，1905—1970），美国极限主义
（Abstract Expressionism）艺术运动的代表画家之一。他大部分的作品
中都包含有源于犹太"创造"神话的富象征意义的一条或数条垂直或
接近垂直的线条，以这些线条、块联系起特定传统中代表上帝和人的
单独光束。
② 托马斯·布莱奇（Tomaž Brejc，1946— ），卢布尔雅那大学艺术与
设计学院教授。

世界的命运为我们而发生。

我眩晕。我不懂得。

我知道。

今夜，在我做爱时，我

报道。现在我是个黑色立方体，

像大理石或来自另一世界的花岗岩，

一只鸟站定，黄色

趾爪，巨大的黄嘴喙，我的黑

羽毛闪闪发光；现在是著名的教会

显贵，也即：

他们都想要我，

盛开的花。

我是纯然怒放的黑色花

静静站立水面上。

无形，遥不可及。

惊怖骇人。

笨拙的家伙们

女人哭得像条龙^①因为我是个诗人。不
足为奇。诗是台神圣机器，仿佛
被传送带运送的一个司杀戮的未知神性
之仆从。我早就死了多少次，如果我
不是竭力平静，把心放开和
完全妄自尊大，因而我能用自己的手段
遮去
我的翅膀。飞，向前飞，神圣
目标，那不是我，我在读
《泰晤士报》，和穿着蓝色工服的工人们一起喝咖啡。
他们也可以很容易地
杀了自己当他们爬上电线杆去
修电。有时候他们真这样干。诗人们频繁地
杀死自己。他们在一张纸上胡写：
我已被过于有力的一个词杀死，
我的词汇表对我这么干了。所以别告诉我这些家伙
不笨。你找得到他们，在所有
职业中。任何一个行人都能
杀了自己如果他不知道什么
是人行横道线。

---

① dragon一词在东西方文化当中有较大差异，在西方语言中可指"恶婆娘"，有点像东方人所说的"母老虎"。

摩尼教徒们的讲台

诗歌，像美和

技术，是空无中所有力量的

完美表现场域。完美的爱

无需高潮，其余三者皆需，

它们不择手段去得到。宇宙是个永远的

法西斯主义者，因为它支持权力。一个失去

领地的文明将枯萎，除非

成为乌托邦。乌有之乡①，我们现在就在。

而傅立叶虚构

实体，美国将中国

圈进它的套索。药物实验

表明希特勒被打败是由于

药剂的分量和步步升级，不是

瘟病。金字塔深不可测。

三角形和三角形之眼

超越人类。因此革命

是管理的合理形式，靠生者的哭喊

保持平衡。死者总有预谋。

只有血和对血的记忆能束缚他们

片刻。剩余部分——涅槃或享乐主义——

---

① U topos，"乌托邦"（utopia）一词，希腊人认为有两重含义，一是
"Eu-topos"，意为美好之地；二是"U topos"，意为乌有之乡。

是平行模型的造物，它们
从不相遇，对于渴望
却也许崇高而实用。
谁能停下技术，
神性粮食的无垠稻田。
革命永远是拯救，永远是
记忆和对记忆的使用，这类
传统。诗歌从两方面兼采营养，
虽然无人知道哪里是它的
界限。在智力中，那里
血管和细胞投资给了我们的大脑和
身体，就像投资在香港的资本
有它的利息，在冻原，
鱼，空气本身，或在防御机制
自我保存的自切中，在尖叫声中？
所以：他人的血为我的血——
献祭——反之亦然：赐我以
好礼——闪电。
旧石器和新石器时代间的差异是
零。我们的文明与阿兹特克文明
并无不同，也与浆果采集者们的
温和、高贵没有区别。

民歌

每个真正的诗人都是怪兽。
他摧毁人民和他们的语言。
他的歌唱提升一种技术,抹去
尘世,使我们免于被蠕虫吞噬。
醉鬼卖掉衣衫。
小偷出售母亲。
只有诗人叫卖灵魂,以将它
从他所爱的躯体中分离。

黑暗的儿子

毕达哥拉斯磨坊里没有光。苏打

从数字里滴下。雌蕊在白色

海龟身上。巴比伦想要什么？循环的甜

奶，哺乳这些当在绿洲中时

从一端迁移到另一端的懒惰动物。天空中

绷紧的水晶落在桶里。恩吉都①的眼泪

比在普鲁勒②幼儿园等妈妈孩子的

眼泪更咸吗？难道我不是已在什么地方看见了

他的小外套？它在神庙的火中燃烧

在那儿他们杀了所有四十个孩子。你在哪儿

阿尔忒弥斯③？马车是食物中的油脂。油滑

的空气落在棕榈树上。油滑是智者们的裤子。油滑

是翻转我们灵魂的鸣钟像小小的

马车扬着他们白色贪吃的尘土。哀悼的鸽子！

---

① 恩吉都（Engidu），美索不达米亚神话史诗《吉尔伽美什》中的英雄，一个充满野性和自然世界力量的形象，后成为吉尔伽美什的挚友。
② 普鲁勒（Prule），街道名，位于卢布尔雅那市特尔诺沃区。
③ 阿尔忒弥斯（Artemis），古希腊神话中的月亮女神，狩猎女神，即罗马神话中的狄安娜。

金色眼睛的男人

我记得在雅盖隆大学[1]

图书馆学习的修女，在克拉科夫[2]。我正伤感。

窗外雪中，道道雪橇划痕。我正思及

此地远离南方。我食去壳的花生。

我看蒙特祖玛[3]的羽毛，昨天，

他何等渴望他的毁灭，渴望某个外来

神饮下他的灵魂。帝国永生。

永生是面面镜子。水分蒸发，

唯存凝视。谁将其深藏于心？

金色轭辕的战车？

我不是那黄色果实。

我不是加冕礼上晃荡的暴民。

我吃下人类学博物馆的门票

当我对一个游客开口，

当我一直看着你。

---

[1] 雅盖隆（Jagiellonian）大学，1400年由克拉科夫学院改制为大学。波兰的第一所大学，在中欧地区仅次于布拉格的查理大学，第二古老。

[2] 克拉科夫（Kraków），波兰旧都，波兰最重要的旅游城市。其历史地区在1978年被列入世界文化遗产名录。奥斯维辛集中营位于其西南60公里处。

[3] 蒙特祖玛二世（Montezuma II，约1475—1520），古代墨西哥阿兹特克的特诺奇蒂特兰君主，一度称霸中美洲，后被西班牙征服，阿兹特克文明灭亡。在墨西哥人类学博物馆展有他的阿兹特克漂亮绿色羽冠。

圣乔治[*]在墨西哥

昨天有奇怪和美丽的白天。

我不再期待更多，因为前天已写了

四首诗。上午我读着

科茨贝克①。向尤诺斯借的。

他是唯一配得上我的斯洛文尼亚人。

然后我去为克里斯蒂娜过生日。

老阿尔弗雷多接待了我。他告诉我

大家伙儿都要去库埃纳瓦卡②，

他们想让我一块儿去。你得把

你的电话收拾好，他露齿而笑。老狗

知道我藏起了它。这个小巧的中产阶级

女孩来自帕尔马③，迷失在

她工厂主叔叔的遥远土地上，不明白

写作的权利。她气急败坏。

---

* 圣乔治（St. George），约公元260年生于巴勒斯坦，罗马骑兵军官，因阻止对基督徒的迫害于303年被杀，后封圣，成为多地保护圣徒。流传有屠龙等故事。
① 爱德华·科茨贝克（Edvard Kocbek, 1904—1981），斯洛文尼亚诗人、作家、翻译家、政治活动家、抵抗战士。被认为是普列舍仁之后最好的斯语诗人。
② 库埃纳瓦卡（Cuernavaca），墨西哥南部城市。位于中美洲母亲文化奥尔梅克的瓜卢皮塔I期考古遗址上。
③ 帕尔马（Parma），意大利北部城市，以饮食业著称。

我始终处在恐慌中。她想要

和我结婚。我觉得很蠢，放弃了，我

不会跟着他们哪怕一分钟。我去

基内雷特点了红酒。整体戏剧。

在这个地方如果你没个女人，他们

就以为你可能会去买个男孩。有那么

半小时一切完美。活色生香家伙们的

大进军过去了，每个人都要求

一种光明或时间。是的。我二者都有。我喝着

红酒，心生憎恶，想要回家。

但是外面，有个家伙坐着，我喜欢

我观察他的距离。不敢靠近，

他独自一人。我转来转去，看着他，

考虑，决定加入他。皮条客们的头儿

愤怒地斜眼瞥我。我不再

紧张不安。他的瞥视意味着：小马驹吸引了你，

你轻视我的专业人员。我解脱了。乔治

告诉我的故事使我困惑。他们

在穆赫雷斯岛①偷了他的旅行

支票，现在他在等一本新的，

因而身无分文。我不知道为什么我相信他，

但我信了。我们聊到凌晨两点

当他给我一把用树枝刻成的

---

① 穆赫雷斯岛（Isla Mujerez），西班牙语名，"妇女岛"意，在尤卡坦半
  岛东北角。

马刀时，我惊呆了。德鲁伊①，63页，
显灵。圣乔治，家靠近阿斯科纳②，
离真理山③两公里，黑塞④曾居
之地。我遇到过一位朋友。比如
甘道夫。我译出63页然后给他看。
现在我要照顾他，保护他。
他已经知道，我们将去瓦哈卡州⑤，
在印第安人中间，到处吃蘑菇。

---

① 德鲁伊（Druids），原意是"熟悉橡树的人"，历史上凯尔特人的神职
　人员，居住于森林，精通占卜，重视祭祀礼仪，长于历法、医药、
　天文、文学……德鲁伊也是执法者、吟游诗人、探险家的代名词。
② 阿斯科纳（Ascona），瑞士洛迦诺地区的城市，位于马乔雷湖畔。旅游
　胜地。
③ 真理山（Monte Verità），20世纪以来诸理想主义、文化社团频繁活
　动之地。
④ 黑塞（Herman Hesse，1877—1962），德语诗人、小说家，1946年诺
　贝尔文学奖获得者。著有《在轮下》《荒原狼》《玻璃球游戏》等小
　说，有颇多汉译。
⑤ 瓦哈卡州（Oaxaca），墨西哥南部。最具墨西哥本土文化特色的州。

小精灵传说

I

老鼠和刽子手是蜜蜂，他们

把巢捣了个稀糊烂。啊，啊啊。

我们到家了。蚂蚁进了

愚人屋。蚂蚁爬进了

愚人屋，满身大汗。多绝的木地板！

站着墨索里尼和他折断的鼻梁骨。

血顺着后脖颈汩汩而下。

嗨，墨索里尼！你看见了某位

加斯珀？他长眠他们继续

前进。他们来到起水泡的

木地板。在一个容器里盆栽

植物游啊游。老鼠和心腹

用海绵布浑身上下地擦。

啊，啊啊。多完美的战争。

II

从切达德①来了我的叔叔和云朵

① 切达德（Čedad），城市名，斯洛文尼亚语的意大利城市奇维达莱。

还有小汽车你可以吹爆它让它站住。

彼得·卡林克骑上干草车。

他是个工人。工作的

人戴着帽子，碎冰锥

在山里头用。路在晃。

小狗们成了山和路的嘴。

公牛压迫心脏。先是路，

后是果酱，打湿了你的裤子。

你把它们卷啊卷，你的体毛

长啊长，下雨了果酱变

旋涡。你举着干草叉塞，塞

干草。你惊醒了彼得·卡林克

他手举地狱。嗨，嗨，你不

明白我们必得过去？你在搬走

石头吗？彼得·卡林克咳了咳。他工作了

一整天，现在要睡了。可海关人员

拾起针筒，说：这边，夫人。

Ⅲ

鹅妈妈背着座房子。她背

它在背上就像蜗牛背着壳。

狐狸说我是狐狸，请给我面包吧。

有谁愿意给我吗？鹅妈妈

等着黄昏到期，等着

太阳升起。狐狸说：她愚弄了我，
天哪！她甚至不愿给我
她的毫毛。鹅妈妈来到一幢别墅
那里有瓷器可被砸碎。她
摁门铃，面包师开门。帮她
在她的红腿前摆上面包。
用垂涎三尺的蹼趾抵着门槛，
她推走面包。她把鹅们
扔到偌宽的河中，给他们张毯子
去攻击，歇歇他们的脖子。所以她
愚弄了一个面包师，天哪！

IV

马尔科跳来跳去，马尔科跳来跳去。
我在看乌龟。我就是乌龟，
我就是乌龟，我想做紫衣贵族。
如果你的手套阴郁，你会
把它们脱哪儿。你用所有的雨
灌我们，结果淹死了无花果树。

V

亮片进酒。蜂蜜上棍

然后击打每一关联物的屁股。

荞麦熟了，但是母牛

先垂其首于白山山脉。

南瓜是完美台地。

此地空气更冷。

擦干自己去吃晚饭。

叠好架上的紧身衣。

透过这网呼吸，睡个好觉。

VI

耶里察和男孩都有长手指。

一个的手指长些，另一个短些。

一个的手指泛红，另一个发绿。

一个的皮肤上覆羽毛，另一个

骑驴。一个是为了两人，另一个

因为膝肿。他们都步行。

他们都守卫黑国王所以他的

猴子哪儿也逃不走。

VII

很久很久以前有一头大象

甩着它的象鼻——一把利剑——得名于

马哈茹阿佳①被它杀死时。

妈妈埋葬了马哈茹阿佳。

哦，多容易走神的大象。

苹果在他的包里滚来滚去。斑马

远远地看着他。和这种大象在一块儿

我们不该吃樱桃，第一个说。

我们最好能从墙上弄出个拱顶来，

他就能有个东西靠着也就

看不见我们了，女士说。要干这活

你可嫌太笨了，第二个说，

你是截树桩啊。

VIII

割草人磨镰，刈禾者收麦。

你要去哪儿？去第九村

缝②女士的肚皮。你要把什么放进去？

衣服。为什么放衣服？这样她就不必

伏在肚皮上睡觉了。为什么她不该伏身

睡觉？因为这伤害她。为什么会

---

① 马哈茹阿佳（maharajah），梵语"伟大国王"或"大君"等尊称。

② 英译中这里用的是"stitch"一词，有"缝、缝纫"之意，又有"畦田，起垄"之意，与前句有语言内的逻辑关联，惜在汉译中无法进行多义处理。

伤害她? 因为她吃了沙子, 喝了
灰浆。谁给她的? 泥瓦匠。
泥瓦匠在这儿干吗? 他们建
房子, 不是吗?

圆圈和圆圈的辩论*

I

花，黄色
花，
谁给了你牛奶?

II

夜蓝紫，
棘刺雪白，血非血。
现在它流向胶球鞋，
它躺在地板上，
我坐着。
哪里有转折点，哪里就有
律法捆缚血，滴落
血，卧于镶木地板上?
血，你在地板上吗?
木头，你感觉到了吗?

---

* 以上9首译自《追踪未驯化动物》(1979)。

Ⅲ

我蜇咬你，全部的你，尘土。

一块石头飞进栗树。

这些人手割麦，
抚爱，鞭挞母牛。

朝向一个白色环圈的
千万条河流
并不大过我的手指。

阿尔萨斯人①的房屋坍塌。
钟声的裙摆缭绕升起。
红色！何如？
你在路上吗？你在步行
进入眼中的路上吗？
太阳派你来的吗？它
给你以一推之力吗？

---

① 阿尔萨斯人（Alsatian），法国东部阿尔萨斯地区原以说德语居民为
　主，该地区在历史上轮番属德或属法。

IV

我没有忘记你的名字，
风鹰。
我不了解你。
在鸟中
我认不出你。

自然深入挖掘
我镜子的金属。

笑吧！
透过《一千零一
夜》我看见卷心菜。
寒冷自云中垂降。

V

妈妈！
那儿下面，在沟里
一个人偃卧而眠。

勒死上帝，这样他才能睡安宁。

得到休息。

空气进入皮肤。
直到死去才停下。
空气挤入。
直到遇到剃刀的锋利
才停下。

VI

我是个女人。
我用铅笔在一摞
窄条纸上涂画。
我刺穿纸的灵魂。
我只为橡木箱涂漆。

我背上的小蚂蚁现在在我的拳头里。
它们在我的拳中慌乱急行。
此地温暖，彼处寒冷。
谁将他们赶出家园？

隧道是一声呼啸。
长大，长成一个巨人，
两个巨人。
你的身体将覆盖牧羊人的灵魂。

VII

美好的愿望只发明出火车。
唯在第一天主坐上火车旅行。
唯当主站起，当他
伸展，当窗与装箱的金属
和（未受伤的）草混为一体，记忆方能
持存。记忆乃触摸。触摸是
永恒。

天才是大地胸中几千克的痛苦。
它狂喜尖叫。它拥抱。通过它
真正的音乐被听到。

让我们杀无辜的孔雀。
杀死一个有罪的，狼，便意味着
错过一次机会。

我就这样看花朵，给我们松脂。
树干将向我复仇，所有的树干。
自我来到这地球，它们就在白白
流血。

VIII

停下，扔掉它！
谁给予种子生长的权力？

是我。
这就是我颤抖的原因。

我是兽。
我仰面躺着。
火的语言离开我的头颅。
你该说是否我是那头圣牛。
我缄默如天体。

所有事物中，死亡最是温柔。
水捕获它。
我是水。

IX

成为上帝是第一课。

那些不用心了解我的人会被抹去。

我呼吸着你也呼吸的空气。
为我而在的绿也为你而绿。
我的喉咙发紧。
我不明白为何我被选中。

兄弟们，来帮我。
蜗牛，山雀，蟋蟀，鸣蝉，
苍蝇，啄木鸟，麻雀。
来帮我，水，你，乌鸫
噙在嘴中的。
我看见你了，当你喝时。
我看见你了，当你喝时。
那不会使你爆裂。
水使我爆炸。我炸开。
我是白木兰的X光。

X

离开那梯子，你永远追不上我。
我想要给你一切，真的一切。
脂肪，皮肤，毛发，眼，舌，
指甲，体液，血。我想要我们
同行，我真的想。
相信我。

我不明白，为何是我。

只有尼金斯基①也走这条路。
狮子，你好吗？他们将你关进笼子！
疯子是股蒸汽。
疯子是股蒸汽。
杀了我吧，我圈住你的疯狂！
我接受一切，从所有人那里，因为我是上帝。

成为上帝是第一课。

现在你理解诗题了吗？

它是暂定的。
真题是
谋杀。

---

① 尼金斯基（Vaslav Nijinski，1890—1950），波兰裔俄罗斯芭蕾舞演员、编舞家，被誉为历史上最有天赋的舞者之一。

船

创始是微小的丝滑

变迁，细过

你的小手指甲。地震和战争

是星系的崩溃？是刷子

在地球表皮上的几下重刷？

一篇日记？

何为最低限度？

什么能证明

花蕾打开，麋鹿食草

皆属疯狂？诗人赠出

花环，躺在手上。唯他

留存，为想象蒙纱之人。

他所看过多，眼

已被群鸦啄食，

理当如此。诗人

屠鹿。

墓志铭

只有上帝存在。精神是幻影。
机器盲目的阴影藏起那个**亲吻**。
我的死亡是我的。不与这草地下
躺着的其他人分享阴郁的平静。

无论谁跪倒在我的墓前——请记下——
大地会摇动。我会汲取甜美汁液
从你的生殖器和脖颈中。给我你的唇。
注意别让荆棘刺穿你的

耳鼓当你翻滚扭动，像条蠕虫
死亡之前的生活。让这氧气
弹轻柔地洗净你。吹爆你只要

你的心脏一直能够承受。站起来
记住：我爱每一个真正懂我的人。
永远。现在起来。你已发誓，已觉醒。

光不喂养光

荞麦开花的香味，
为何你要引诱特兰西瓦尼亚①的吸血鬼？
剪刀是件疼痛的工具。
无人有权碾碎一块石头，

或将门口从东面移向北面。
但是考古学家们还是找到了锻
铁。如何粉碎责任？
未经检查，它长成了魔窟。那第一次

望进火中的生灵被煎炸——
火焰可怕即使身在雨里——
它想为自己要火。命运就在欲望中。

树林幸福燃烧。无论谁拯救
他的性命都将被赦免。只有那
以钻石切开镜面之人可得酣眠。

---

① 特兰西瓦尼亚（Transylvanian），罗马尼亚中西部地区，中世纪时曾
   是一个公国。原为匈牙利王国领土，一战后成为罗马尼亚的一部分。

一，我的手臂

圣灵降临，亲吻我。
我听到远方，遥远之地的雪崩。
我的手指嘶吼穿过丛林。
一棵无花果树在这屋中生长。

我的胸口已变得全然粉红。
我的眼炭黑。
孔雀扇尾正自我身后长出。
我是佛陀。

俄罗斯草原上的骏马将会怎样
当焦煳的蜂蜜开始流淌！
明亮的液体周流于大地之花，
它的繁花装进了绿色脉管。

山脉和平原拥挤进一，
我的手臂，我身在星尘。
我的脸，被谁舔舐
一头鹿，一只猫？

我是

罐中露滴
一个孩子即能携带，
我是牛奶芳醇。

记忆 *

在天国的哭喊中
我听到死一般的

生之寂静
印记自身

于人和动物。
我咆哮

在雪中。我的痕迹
水洗大师的头脑。

一条小虫切开
空气和

叶簇。

<hr>

*   以上5首译自《为麦特卡·克拉绍韦茨作的谣曲》(1981)。

巴黎，1978

欧洲的心脏优雅，
死寂。只有孩子们
仍悸动，在时间
碾碎他们之前。我们被撕裂，在
两架更大的魔鬼飞机间——进门的
制度和倒悬的
自由，它一头栽进
太平洋。但我们
是记忆。因而对世界
负有责任，虽然我们的神话已被筑进
我们不再能控制的机器。
我们唯一的真正历史机会是
优雅，孤独的我们无能去
赠予或开启。
精神分析是谷底，夜
在天启开示之前。
所有权力的实验室
都将坍塌。

强之权利*

强之权利是攫取一切

记忆和青春，云朵和

忧郁。我不知道，

我发誓我不知道我在做什么，

抢夺你们全体，你们的心灵。我

只是快乐，感动的，感恩于我的

明亮星星们。我想我的战利品是

爱，烟尘，喑哑，此刻

一个礼物。我养育了很多

生物。带翅膀的猴子

天蓝的鹦鹉。甚至你，

狐狸，我引诱了多遍，所以你成为了

兽中之王。我真觉得我是

一只神圣蚂蚁将一切

扛在它自己的肩上。所以现在

我错乱地腐烂，等着你，青草

返青的时刻。随着

我的身体被清除，封印将

归还于你。蟋蟀和溪流，

特伦他谷地① 上的日出。弥漫于

---

* 以上2首译自《光的类比》(1982)。

① 特伦他谷地（Trenta valley），位于东阿尔卑斯山，谷地位于传统上的
斯洛文尼亚戈里斯卡北部地区。

家上空的轻柔雾气将再度
神圣，如它们曾经所是。
只再多待一会儿，中毒的孩子们。只
再多呷一口在我回到
土里之前。

姿势

我痛饮蜜酒，那比河流更宽广的。
蜻蜓们亲吻我的眼。
我编织已冻成冰的亚麻。
一座废墟城市闪烁其中。

街道引路但不引到任何地方。
靠着一面墙他们入眠死寂的梦中。
赶骡人的胳膊抬起，彼时道路已在
身后，当他冲着男孩大叫：快！

我们必须赶在日落前到达城门！

矿工

手掌们燃烧。
棕榈树燃烧。
众三角燃烧。

一匹马在沙上抻挠像个北方来的
姑娘触摸荨麻。

黄金洞穴洞开。
水冻结。
上帝的只眼痛饮众溪
风吹在心。

雾起于叶。
某个穿围裙的人跑过门廊。

鞭子爆响。
太阳沉落。

功能

想要是想擦去死亡。

把一张邮票拍在它的白皮肤上

然后盯住鸡蛋。

在周围旋转一只花瓶，让它嘶叫如陀螺，

并肢解赞美诗。

自然包括数个木工刨，

其中一个在边缘走平衡木，吧唧喝奶。

想要是陷进海洋厨房。

是煎烤疾风。

倒酒入盘，你洗

手其间。

想要是头脑的机房，而非心灵的。

鱼干的饥渴，枯死于蒸汽锅炉。

一长串葡萄滴下分分秒秒。

肩臂长阔。

想要是移走农夫颈间环绕的黑色十字架。

是在草地中歌唱，空无中呼喊。

是擦亮血的号角，推动它们，推动它们。

在太阳下，胆汁的家中，我们的花盘即是胆汁。

想要是意欲呼吸。

是用你的手剥去木匠斧斤上的苍苔。

是风吹，猛烈地风吹。

是烧焦肉块，切丁，所以它的头变得黑如蟋蟀。

树木握有琥珀，人却无有。

想要是意欲睡去——睡且忘却万物。

轮轴美丽。

手推车上的干草是人类的敌人。

长髯的农夫睡卧其上，

紧抓草耙于腰际。

想要是不想再冒烟。

是交叉你的双臂于胸前，想起阿诺河。

你比多瑙河更伟大。

想要是想去点数你的兄弟，他们如此众多。

是低头冲过检查站并发出

自由呐喊。

四人在一把椅上四分它。

它腰间缠着黑暗箍圈，

像一个种族漫游过世界并灭绝。

想要是山毛榉、葡萄树、枫槭的渐趋暗淡。

将雪揉进你的肩背。

是站在火车上摇摆，哭喊如

被链拴一处的人们欲图飞翔。

想要是问候蠕虫并向它表示尊重。

是倾倒白兰地于你的指关节。

想要是撕裂太阳，在你的掌中碾碎它

像碾碎污泥。

在衣上堆衣，羊皮上堆

羊皮，已死的。

拧断发电厂的脖颈，睡卧如花。
让它睡，让它睡。
让它凋谢在疯狂的一阵抽搐里。
各种族在尸体的黑絮上演出圆圈舞。
让皮肤穿过我的血管像
穿过印第安人之血的纸币。
想要是截断一场风暴，在
咖啡里倒进钻石。
是抓住舞蹈。
抓住一个个舞者。
想要是冷血地倾听冰雹
杀死仓鼠。
是爬上摇椅握紧你的手指攥住所有
作为精子死去的婴儿。
是长成一片阴影。
长成阴影像暴民长成一片云。
是以淤泥封塞鼓面。
是睡去，是入眠。
想要是刮去统治者们的水杨酸盐。
是坠落，是坠落。
是在耳中凝神摘葡萄人
并在这里呼唤他们。
我们所知寥寥，我所知寥寥。
一只向上翻转的手掌知道更多。
想要是意欲刮除时间。
让手握石块的女孩们缝补它

还原。

嗨，毕达哥拉斯！乳臭未干的鬼精灵！

吐出阿尔忒弥斯的小小白衣。

想要是绞拧一只鸟的脖子以致它永远不能

再唱。

攀上柱头而非窗台，听

远方的爆炸。

想要是将你们的所有肢干撞碎于岩石。

门在田野前躬身。

上帝只听见稀薄的岩浆，神酒。

想要是未曾注意到这是你最后一次

套上鞋子。

想要是玩笑开到如此之多以致蝎子们

被它们晶莹、闪亮的尾针

刺中，直到它们最后被青铜保护起来。

想要是同意去死。

鲸，鲸，独自待着！

一头母牛，它能忍受你刺戳她腹中的
牛犊吗？一条河能忍受你枯竭它吗？
香膏，能忍受你让它独自在盒中干黄
而不涂抹在你的皮肤上？人群不必
忍受，因为他们如此众多。他们拥塞
散发浊臭之气。他们看进相互的
眼中并且知道：我们正像蒙羞的粪便一样死去。
我如何能被这感动！是的，如果一个人在人群中
成为王随后被杀！或
一个王成为穷人不得不节俭用木
这样的事会打动我。
但是直到人群走了，覆盖他们的
蛤蜊油还在玷污我的血。所有的鲸
都愚蠢。我有证据。

瓜达拉哈拉*机场

可怕的草地。鸟儿们温柔入眠
在伤害它们的太阳光中,因而它们流血。
空气杀死精液。在鸟前面是燃烧的
草。叶子是带着泡透的甲状腺肿的
陌生人。他们沉重的颈部赘疣在奶酪上
留下孔洞。整个种族写作。我不喝
咖啡。引擎随雪白银亮的降落伞
坠落。美国人有许多麻烦。那些脸,
被置于圈中是狄安娜①的。谁
伸出箭矢旋转箭囊。
喉中咯咯,那溺水者。出租司机举起
行李箱,平静地将它们放上手推车。车轮
是小小珍珠。毛衣针挑掉
可怕草地上的眼珠。

---

* 瓜达拉哈拉市(Guadalajara),墨西哥西部哈利斯科州首府,墨西哥第
  二大城市。

① 狄安娜(Diana),罗马神话中的月亮女神、狩猎女神,即希腊神话中
  的阿尔忒弥斯。

舟楫

我是僧侣。

一股风或一把剪刀般的僧侣。

一只蚂蚁啃食，她是修女，众花皆红。

我不想死。我不在乎我会不会死，这会儿。

我比沙漠中的尘土更是僧侣。

孩子们的嘴滚圆。我的眼睛是

甜果浆，滴下寒冷。

有时我以为我不快乐，但并没有。

我是僧侣。

我要将枪筒扔下河去。

如果蜜蜂跟在我的脸后蜂拥而至，我会

用手抓脸，这样我就又能看见了。

我没有焦躁不安。

我的灵魂抑压如同众人抵门。

当我死时公牛食草一如往时。

房舍隐现一如往时。

鱼

我是肉食者，却是植物。

我是神和人的合一。

我是蝶蛹。人类从我中化出。

我的大脑液化，像

一朵花，这样我能爱得更好。有时我将

手指浸入，它很温暖。卑劣的人

说其他人已淹死

其中。不是真的。我是腹腔

我安放旅行者在其中。

我有一个爱我的妻子。

有时我担心她爱我

胜过我爱她，这使我悲伤，

沮丧。我的妻子呼吸如

小鸟。她的身体给我安慰。

我的妻子害怕其他客人。

我对她说，这会儿，这会儿，别怕。

我们的所有客人是一个人，对我们来说。

一根蓝头火柴落进我的

打字机。我的指甲都很脏。

我冥思苦想现在该写什么。

一位邻居有吵闹得可怕的

孩子们。我是上帝，我使他们安静。

一点钟，我要去看牙医梅纳大夫，

在雷罗伊大街。我将按响门铃，请他

拔牙，因为它疼得要命。

睡觉、写作时，我最幸福。

大师们将我从一个传给另一个

那是必不可少的。就像生长

对于树必不可少。树需要大地。

我需要大地，所以我不会疯。

我将活四百五十岁。

塔尔兹·雷巴扎尔①活了六百岁。

我不知道是否是他身着白衣，

我仍不能将他们分清。写作时，我

睡另一张床。有时，我开始喷涌更像

水，因为水是万物中最有爱的。

恐惧伤害人们。花朵最为柔顺

如果你用手握住它。花喜欢

手。我喜欢一切。昨夜我

梦见父亲朝哈丽特②

倾过身去。其他女人让我害怕

因此我不和她们睡觉。可上帝

和年轻人之间距离微小。

始终只有一个女人在上帝中，那就是

我妻子。我不害怕客人们会

---

① 塔尔兹·雷巴扎尔（Tarzs Rebazar），传说至今仍活在喜马拉雅山中的
修行大师，已活了六百岁。
② 哈丽特（Harriet），女性名字，此处指某个女人。

撕裂我。我可以给他们任何东西，它们都会长回来

我越是给予，长回的就越多。然后它发射出去

成为帮助其他生命的源泉。在某颗行星上

有座我肉身的中心仓库。我不知

究竟在哪颗上。无论谁饮下它都会

变快乐。我是水管。我是上帝，因为

我爱。这里，内部，一切幽暗，外面

空无一物。我能给任何生物照X光。

我轰鸣。当我听见我体内的

汁液，我知道我正蒙受天恩。如果我想

生活，我就不得不一天到晚

花钱，可这还是没用。我注定

要发光。金钱就是死亡。我要走上阳台。

在那里将远至多洛雷斯-伊达尔戈①的整个乡村

尽收眼底。它如托斯卡纳②一样温暖，舒适

虽然它不是托斯卡纳。麦特卡和我并坐，

观望。她的手像是萨科笛③的。我的

嘴像某个埃及兽首的。爱是

一切。摩西的柳条筐从未

打动过岩石。微缩马

从平坦的乡村缓步跑来。风

----

① 多洛雷斯-伊达尔戈（Dolores Hidalgo），墨西哥瓜纳华托州的一座城市。

② 托斯卡纳（Tuscany），意大利的一个大区，常被认为是意大利最美丽的部分，其首府是佛罗伦萨。

③ 萨科笛（Shakti），是神圣女性创造力量的概念或拟人化。有时指印度教中的"宇宙之母"。

从西埃纳斯①吹来。我一头滑进人们的

嘴里又杀又生，

又杀又生，因为我写作。

家*

远方草场幽黑，
一朵风干的花长出白雪的斑点。
虽然是在冬天，雄鸡仍打鸣，
它高视阔步，爪如蹄脚。

远方玫瑰盛开在雪中，
蓝色花静立于雪白，
太阳拥抱她，晃她入眠，
爱守护她，不被树影覆盖。

远方高崖上瀑布鸣响于巨岩，
山中羊群以身体守卫牧草，
那里有桥，我站立其上。
不知是该跳下，还是去游泳。

房屋附近，可闻汤匙的声音。
烟，白色炊烟停在洁净天空。
面包飘香，玉米糊飘香。
小姑娘开窗，喂食窗外小鸟。

---

* 以上8首译自《声音》(1983)。

远方红松林中有许多的彩色丝带。

树木皆为雪裹，林中不见雪橇。

丝带撕裂，翻飞似鸢

于是你可以头枕天之蓝，将心休憩。

基督

如果我吃妈妈，鱼会把已在我喉咙里的
她撕碎。我最好把她挂在
枪上。让她招展得像面带着湿脚的旗帜，
背着小包袱的男孩在睡着前
想到。很长时间他完全无
梦，然后他突然看到基督是怎样吃球甘蓝的。
你为什么这么做？他说道。你为什么不让
球甘蓝安宁？基督不知该怎么办，
此前从未有人就他的绿色植物谴责过他。
那我该吃什么？他说。我们去打猎
背着小包袱的男孩说，毫无疑问你会
捉住只兔子。他们出发了。从基督肚子里
流泻出的光暗淡下去，他们
开始绊倒在石头上。我不熟练，主
说，我从没捉过兔子。让我来吧，
背着小包袱的男孩说，可是
光消失了。基督吃下了另一颗
球甘蓝，光立即回来了。
你骗我，男孩说。光应当
自己发亮。你要是不能变得更好些
兔子就归我一人了。如此的亮以至兔子们
都像假日。一只给他们眼睛，
一只给鼻子，这就足够了，因此谁也没死。

牧羊女谣曲*

施瓦本人①眼似土豆。他们的妈妈

都是侍者。好吧，一个犹太人，却揣着艺术史的

死妈妈，说到马鲁什卡，离开，

在图宾根结了婚。她随身带着我的所有

箱包。明天是圣诞节，我是

背着包袱的小男孩。出名，是吧?

对背包袱的男孩来说这是最坏的一天。

他看向他皮肤下面，除了几只钩子

别无他物，他给它们喂了些

食。*100页最好的胶版纸，②*

他从他的作家笔记本上抄下，虽然

钩子们稍得安慰，但他仍

不知道他该在这世上做什么。

他将大海捧在手里，注视着

仿佛它们为他造了一扇门，他将门

紧抱于胸。他沿圣弗朗西斯科街走着

*捶打皮纳他彩球③，*于是棒棒糖倾泻

---

* 牧羊女谣曲（pastorela），法国南部部分人口使用的奥克语的一种抒情
  诗体。

① 施瓦本人（Swabian），施瓦本民族部分来自日耳曼，地理位置大约在
  德国西南部、瑞士东部和阿尔萨斯。

② *100 hojsa de papel bond de primera*，西班牙语。

③ 皮纳他（piñata），混凝纸浆等原料做的容器，内装玩具或糖果，装
  饰得色彩缤纷，在庆典活动中被打碎。

而出。他在卡车上坐下，车里有张
颜色鲜艳的圣诞小床。耶稣是木头做的，
因为没有妈妈可给这样一个
小男孩，但是所有其他东西，牧羊人，小
天使，圣约瑟夫都在他的年纪。他们缓慢
周游，人们歌唱，将橘子扔出
窗外，他们仍然应当去到
斗牛场①，爬上旋转舞台
但是风太大了，因而他们宁愿回家。

---

① 斗牛场（Plaza de Toros），位于西班牙安达卢西亚地区龙达市，历史
最悠久的古老斗牛场，建于1785年。

全集的力量

我是一块石头。

月光，不是阳光，照耀痛苦底部。

我是火车到来，车厢已脱节。

人们已停止在站台上向它挥舞手臂。

我是置于火上的干草

激起你的饥饿。

注意即抹杀。

我是烟。

破碎的烟圈，更蓝

比起吞下了海之色的浮游生物，如果它确会发光。

我的胸膛皱瘪。

马匹被圈在墙内。

河流撤去河水

浚干它曾流淌的河床。

种子生长的是地面之上的死亡时段。

既然哪里有橡树生长哪里就不会

再有任何柔弱雾霭或枫叶沙沙。

穿过客厅的地毯颜色鲜红。

而镶木地板的高贵色泽

被粗暴地覆以人类之手的产物。

那儿有被屠戮的绵羊之血，

这就是为什么我们踏步其上如此轻柔

直到它们生命的呼吸摧毁我们。

青金石

我和诺斯替教徒们^①待了一连三天。

白色蝴蝶翔于玫瑰之上相互驱赶

众蛇滚扭彼此吞噬。

这里，就像在那边。人们出生死去。

我们把手放在他们头顶。只有我朋友们的头发

在那里长得更密。人类会秃顶吗？

我遇到的山猫们告诉我他们来自达基亚^②。

穆罕默德缺席。这就是为什么有洞

在地球的腹部。令人惊奇的

肉欲曲线！肉身的团块

被精神充满，一个无穷大数的船队

张着白帆。它们正为石油远航？

---

① 诺斯替教徒（gnostic），信仰诺斯替主义（gnosticism）的人。诺斯替
  主义指在不同历史时期的不同宗教运动或团体中所持有的一种共同信
  念，这个核心信念就是要通过拥有"诺斯"（意为"灵知"，gnosis）
  而获得拯救。这种知识的主要构成之一就是占星术。诺斯替教的二元
  宇宙学说及其获救靠知识而不是信仰的信条，是与正统基督教相冲突
  的。因此，它被基督教视为异端禁止。
② 达基亚（Dacia），在喀尔巴阡山和多瑙河之间，曾是一个古代王国，
  后为罗马帝国一行省。

一个人不该想象各教派会亲善
彼此。党徒们啃食猴子
而猴子们向国王扔香蕉。帽子与锅一体
亦是同一事物。我记得第一夜我如何

在石上煮肉全然无觉
我用的可能是我的帽子。现在我明白了！
我们头发所缺乃是油。谁仍在环树
堆石！水仍在

大声喧哗当它流淌，皮肤
仍在有力生长。而冲出体外
进入心脏的火车
使受惊的蜥蜴们跃离铁轨

因此一件紫斗篷几乎遮住了天空。
没门，我说！它是蓝的。我翻转身肚皮朝上
射击天空。大地，众多面孔，众多爱
穿过我的生命，一一变为青金石。

克雷塔罗 *的天空

谁现在是黑天堂里的

生灵，暗淡存在

谁有那鼠王的气味？

珍珠叮当落响瓶中

玫瑰也许会像青蛙跳起，

如果她没被缚住。

星星们是个负担吗？

水是数百万年劳作的果实？

水晶们没有改变。

你无法徒手捉住兔子。

教堂墙面的颜料被剥

到了冰激凌小贩的叫卖车上。

谁是那阻遏我的脚步并使树叶沙沙作响的存在？

钥匙丁零作响

悬在露水之绳上。

是鼠王自己

在偷偷送给我象征和时间？

他不是像马蒂亚斯国王①那样被埋进了黑暗大地？

---

* 克雷塔罗（Querétaro），墨西哥中部州名或该州首府名，作为首府全
　称是克雷塔罗圣地亚哥。

① 马蒂亚斯国王（King Matthias，1557—1619）哈布斯堡王朝的国王，
　是神圣罗马帝国皇帝、匈牙利国王和波西米亚国王。

我的手推车没有倒钩。
我桌面石板四分五裂像被威廉征服①。
而一枚橘子重现天堂
我虔诚又快速地旋转它
使它展开并摘下它的花瓣
于是——

然后大地继续呼吸了吗?

---

① the Conquest，一般指征服者威廉1066年的征服英国。

克雷塔罗的酒吧

我看见一匹马哭泣当他与另一匹马四目相投时。

你们是兄弟：携苹果的天使，地下世界的急流。

你鬃毛上的阳光为我们两人闪耀。

为什么你们撕裂我，嫉妒的种马？

马是神圣动物！你们都是塞萨尔·巴列霍①。

海量的精神和火焰流过我们。

有没有可能已故诗人的天才

分身进入两条河流，像撕开的手绢？

你们是一个象征，群众的粮食。

我的两条胳膊等长。

我的两条腿属于人人。

我的亲吻不是镣铐。看！

这是雅各布·伯麦②呼吸过的普纽玛③，

依然处女纯洁，我深怀胸中

以喀斯特高原妇女头顶水罐的方式。

---

① 塞萨尔·巴列霍（César Vallejo，1892—1938），秘鲁西班牙语诗人，有印第安血统。被认为是20世纪最伟大的诗歌改革者之一。

② 雅各布·伯麦（Jakob Böhme，1575—1624），德国基督教神秘主义者和神学家。

③ 普纽玛（pneuma），古希腊语词，意为"气息"，在宗教文献中，意为"圣灵"、"精神"或"灵魂"。

可是，如果我仍得倾听尼西亚公会议①琐碎的市侩问题

见证游击战争中受考验的干部大清洗，

那么，你们，我的小种马将不得不再回去，

向着黑暗进军。

在这酒吧里，别人也许知道如何将小刀扎进你

我却平静地投下几枚硬币

为我的白色灵魂之杯②

---

① 尼西亚公会议（Nicene Council），召开于公元325年基督教历史上第
一次世界性的主教会议，确立了一些影响深远的宗教法规和如今为基
督教会所普遍接纳的传统教义。

② *por mi copa de alma blanca*，西班牙语。

无物存在于理性……*

这是我如何了解上帝的：
成熟梨子的滋味或那
陷落空气的丝滑
爆炸，喷吐空虚的
蓝色。
头和发即刻被冲洗干净。
我害怕——比如说，
你的眼睛——会融化
在我的手上，
向天空流散芳香或向阴间发散雷鸣像
瀑布沿萨维卡①飞落。
而我总是听到旗帜的飘扬，
光荣的碾压声，像泰坦尼克的
沉没，一只被撕碎的
小鸡。
当所有这些发生——
我给你我的印鉴——
我还给你你的永生纯净。

---

* Nihil est in intellectu…，拉丁语，这是著名的亚里士多德学派公理中的
   半句，全句为："无物存在于理性，若非首先存在于感性中。"（"Nihil
   est in intellectu quod non prius in sensu."）
① 萨维卡 （Savica），斯洛文尼亚著名瀑布、温泉景观。

因为唯有从未被

撕裂的他们悲伤。

如果我看到你作为一个神。人！①

①　*Si, que te veo como un Dios. Hombre!* 西班牙语。

乌龟

处在有毒的地理位置，带着
坚硬的壳，乌龟能独自养育
星星。
星星，那里有大豆平行
生长出，绿色天空，
而全世界的士兵们
都想咽口水
却未能。

带着它的可怕精力
和新娘面纱，乌龟像
一对夫妻！一对夫妻！
复活妈妈
从被坦克轧毁的
牛奶中。

带着它机灵的
脑袋和水汪汪的声音
——大地的背正翻转——
乌龟杀死、阻止死亡，
还有口中的甜蜜
摇晃自己生出自己。

你可以不戴十字架
而它不会意识到它。

只有乌龟喷涌记忆。

给耳聋的人

对你了无生气的天空我已长出厌倦。

腿挨着腿，嘴对着嘴，尽是死者。

阻止一朵花开的这力量是什么？

一个古拉格①在马屁精们的头脑里，似肿瘤扩散？

我心怀上帝，将**他**送出

像把水给焦渴的人们，

他们枯萎于想象的地方性

构造地质学和一个自杀的基座——

民族英雄。

膝盖骨软的，行凶的，懒洋洋的，

都不再感到害怕。

我拒绝在任何其他地方的自由，

只在我的出生地陷入

无灵魂的黑色虚无。

我不是一个犬儒，我是诗人，预言者。

我带着我的生命上路去我所在的地方。

你们的网络勒不死我，

你们圣佩甫②式的无稽之谈是

为"无人"定的标准。

---

① 古拉格（Gulag），"苏联劳动改造营总管理局"的首字母缩写。索尔
　仁尼琴的小说《古拉格群岛》使其传遍世界。

② 圣佩甫（Sainte-Beuve，1804—1869），法国作家、诗人、文艺批评家。

我拒绝像伊万·灿卡尔①那样绊倒、陷落。

他们休想把我镀金成无菌的教义问答手册像他们对茹潘契奇干的。

大海是我的元素，如果你没有它，我给你。

空气是我的元素，屈辱的，被毒害的，

现在纯净了。

即使我是唯一一个呼吸自由的人，

我也不会放弃。

我宁愿尽快选择死亡也不愿要你早餐果酱的

屈辱种族灭绝。

灵魂永生，你没听过吗？

正是我告诉你这个的。

这块空间只会经由

我们每个人的某种巨大努力而幸存。

如果你坚持待在脚下，

我会踏过你像踏过蚂蚁。

一个活生生的灵魂能够说出它的狂喜和

苦痛，胜过一个哈德斯的

明胶凝块，甚至不是活人痕迹的

影子和在这块大地之下

天空之上呼吸的

直截了当的时间。你

---

① 伊万·灿卡尔（Ivan Cankar，1876—1918），斯洛文尼亚作家、戏剧家、诗人和政治活动家，和奥顿·茹潘契奇（Oton Župančič）、德拉戈廷·科特（Dragotin Kette）、约瑟普·穆尔恩（Josip Murn）一道，开创了斯洛文尼亚现代主义文学。被认为是斯洛文尼亚语最伟大的作家，有时被比作卡夫卡或詹姆斯·乔伊斯。

只是需要毒牙，你
必须用诸神的恩典撞击
这摇摇欲坠的命运之心脏，好让
某个人醒来并听到。

感谢生活，它已给予我如此之多！ ①

---

① *Gracias a la vida, que me ha dado tanto!* 西班牙语，智利音乐家比奥莱塔·帕拉（Violeta Parra）创作、首唱的名曲《感谢生活》中的叠句歌词。

死之窗

停住花朵的血，旋转事物的秩序。
去死在河中，死在河中。
倾听鼠的心。没什么区别。
在月亮之银和我的种族之银间。

去扫净田野一直奔到大地的边缘。
在胸中装着那词：水晶。在门边
肥皂蒸发，大火照亮白天。
转过身来，再一次转身。

剥去僧衣。罂粟花已咬穿天空。
走那荒漠之道，饮下阴影。
抚摸橡树，春天嘴里的那棵。

停住花朵的血，停住花朵的血。
祭坛看向彼此，眼睛对着眼睛。
在一棵蓝色卷心菜上，躺下。

给心灵[*]

沙哑的黑色天空，你为什么吞下

我的证据？

谁批准这暴饮暴食？

我的兄弟们是花朵。

你还能闻到干草堆和柠檬花香吗？

身体，浸在水中，失其味道。

安拉们在海滩上抽他们的烟袋。

我们都烧自己的眼睫毛。

沙哑的黑色天空，你清点食物了吗？

你要在这白色樱桃林中干什么？

在你贪吃的洞穴里有冰锥吗？

宝塔下你焚烧哪种纸？

鸟儿们不会撞上你的眉毛吗？

你，不能从蛋清中分出蛋黄的人，

你把颜色放到了哪里？

你认为我会喂养你，像个能够

底朝天翻过来的沙漏，进入永恒？

我要打碎马蹄铁，我们要看看你是否

继续呼吸！

你的门会焚毁

＊　以上11首译自《大豆现实》（1985）。

在水平面下。

沙哑的黑色天空，我的密友！

露出石头。

压碎水獭的眼睛

这样你能够更好地嗅闻、点数它们。

你是条带子！

无——父！

你的黏土和丝制旗幡的队列

发疯，当它们互相碰触。

你的纸浆模型在哪？

星星们在我的身体里伤害它们自己吗？

你问过它们问题吗？

你将你的诸神锁在碗里像农民

在大桶中踩白菜。

你是聋子！

我已五次吃掉你的脚踵。

它像圣人们的胡须长回来了，

因为圣人们不吃东西吧。

大地是我的小糖果，我的暴食者！

剩下的果实我们要分成两半。

我正在你的嘴里拍打地毯，黑色地毯，

让你咳嗽！

我还要将我的孩子们旋进鱼骨里，弄弯他们

粘牢他们这样他们就能直起身子切开你的

喉咙，当你咔嗒你的舌头并

梦到温暖，因为你喝了我的血。

沙哑的黑色天空，给还我的号码！
你看见那些湿漉漉的蜷曲爪子了吗？
它们是你的，如果你同意游戏规则。
对我们双方，忧郁都应当流淌似河。

光为哈姆迪亚·德米罗维奇而亮*

阿哈奇敬重皮埃蒙特[①]人。

唯有他们是真正英勇的

意大利游击队员。这词折磨

不死我，这词不能。甚至夜晚

和更多的孤独也不能。不过，要是我

杀死自己，垂死时，我将用血写下

切萨雷·帕韦泽[②]《苦役》中的诗行。不是我的诗行，

我的甚至还到不了他的膝盖。

我感觉像一只野生动物，现在，爬行

在切萨雷的胸口，它的牙开始

在他的血中挖掘墓穴，紧邻心脏。

我要喝干他的孤独然后死去。

我要死我自己的和他的死。为我俩。

艺术还能多干些什么？点数船只？

眼睛落在蓝色的海平面上，一只只数。

---

* 译自《卢布尔雅那的春天》(1986)。哈姆迪亚·德米罗维奇（Hamdija Demirovć, 1953— ），生于萨拉热窝，后移民荷兰。对波斯尼亚年轻一代诗人有很大影响。庞德、惠特曼等译作亦享有盛誉。

① 皮埃蒙特（Piedmont），位于意大利西北部的大区，首府是都灵。

② 切萨雷·帕韦泽（Cesare Pavese, 1908—1950），20世纪意大利主要作家之一，诗人、小说家、文评家，亦译介过大量英语文学，深刻影响了卡尔维诺、莫拉维亚等一代青年作家。《苦役》是他1936年出版的诗集。

它翻译成手指头。我写着
我所看见的。我爱帕韦泽
可敬的心灵。触摸他的血使我
如同青铜。烟雾从燃烧的草地上
向着天空盘绕。那些认为我
不愿杀死自己的人，大大错了。

蓝光枕

一切都发生在一只巨大的蓝光
枕里，在那里面他们给予某种嘎嘎声
以新生，它被命名为蓝光
枕是因为我在梦中替它找到了
这个名字。它中空，充满光，
因此比最大的大厅——
阿尔伯特大厅、林肯中心还要大。
一路向上靠近天花板，有块腌牛肉
约两层楼那么高，被深灰色的栅栏
围住。也许要是叫它刚朵拉会更好？
我站在底层的雕像中间。
我和众人在一起。我们要在那儿进餐，
我对同伴们说，他们点头称是。
但是我们已被带到了楼下
进入了下面的深处，那里另一些人
正忙于在青铜地板上跳迪斯科。
他们显得训练有素，神经紧张。
我们的动作与他们一致，直到
我们被带着穿过一扇摇摆的门
门距不宽于从膝盖到下巴。
音乐在另一边完全停止，
虽然那里没有墙也没有隔音设备。

我只听到蜜蜂嗡鸣。我们的位置不断变化。
再一次，远远地，天花板之下的高处，
有块腌牛肉。我又指向了它。
我们要在那儿进餐，我对同伴们说，
他们再一次点头称是。

读：爱

我一边读你，一边游着。像只熊——带爪的熊
你将我推入极乐。你躺在我身上，
撕裂我的人。你让我爱到至死，第一次
成为新生者。只用了片刻，我已是你的篝火。

我前所未有的安全。你是终极的
完满感：让我知晓渴望来自何处。
无论何时在你之内，我便身在温柔墓穴。你砍斫，照亮，
每一层。时间迸出火焰，又消失无踪。我耳闻圣咏

凝望你时。你严格，苛刻，具体。我
无能言说。我知我渴求你，坚硬灰钢。为你的一次
触摸，我放弃所有。看，傍晚的太阳

正撞着乌尔比诺①庭院的围墙。我已为你而死。
我感到你，使用你。折磨者。你连根拔起我，举我为火炬，
永远。至福涌流，进入已被你摧毁之地。

---

① 乌尔比诺（Urbino），意大利马尔凯地区一座城墙环绕的城市。保留
有许多风景如画的中世纪景色和文艺复兴历史文化遗产。

我深情注视

我有七河。均

无首。我呼出烟雾。

天空，坚果树，我的野生动物

之黑暗、焦虑活动看似

孤苦无依。我感到正救起

某人。月牙簇新。我紧握

一只红球。众根

开始嘎扎有声，如在雪下。

而我之身躯，暖热，蕴含在

两柱阳光中。村落

陷进天空。我思忖

我可撇去身体之重。

他醒来。眼睑开始

触碰生命之线。

不再

我推我的灵魂，一辆巨大的干草车！

离开我自己。笨蛋！离我远点！

起初我看到它是一辆红色装满

家畜的车厢，在多博伊①的铁轨上。

显然它是另外某个人的灵魂，

因为我一寸也不能推动它。

那么柏拉图带着支枪，在多博伊要干什么呢？

哦，再次年轻，让它适合我的鞋。

我怎样到处甩它——我的黑鞋——早晨

当我醒来。布拉措仍在

窗边打呼噜没听到我甩黑

鞋。过去那些电线上的电车仍

在我的脑中之字形穿过卢布尔雅那，于是我能带着它们

去工作。呼嘶！一辆电车驶过

格拉底什切②，我把我的灵魂抛进去像抛

湿面团。我能把石头扔多远啊！

还有花朵。印着花朵的紫灰墙纸。

花朵！花朵！而现在我的头在流血

我将与这该死的干草车断裂！

这该足够一个纵火狂点燃一支雪茄

并把火焰带进他的眼睛。

---

① 多博伊（Doboj），波斯尼亚和黑塞哥维那北部城市，重要铁路枢纽。

② 格拉底什切（Gradišče），斯洛文尼亚最东北部地区蒂希纳市的一个村镇。

鳟鱼

我在奥赫里德①吃鳟鱼，然后蹲在

防波堤上玩钓鱼绳。

奥库贾瓦②穿着黑色尖头鞋。

他把一只脚搁在柳条椅上

用出自他鞋中的

嘶哑嗓音歌唱

关于被压抑人民的恐惧。

共产主义吞没猛犸象，

猛犸象吞没口号。

我想亲吻木椅

因为梵高曾坐在那里。

他用脚倚着它。

梵高把手绢放在上面。

正飞出天堂的锤子

被叫作爆竹。

光降临跪着的群众。

无论谁溺死湖中

都找不到它的底。

---

① 奥赫里德（Ohrid），马其顿共和国奥赫里德湖东岸城市。1980年，被
联合国教科文组织宣布为世界遗产。

② 布拉特·奥库贾瓦（Bulat Okudzhava，1924—1997），苏联时代诗人、
作家、音乐家、小说家。

但是一座燃烧的绿洲，燃烧如海市蜃楼
在湖的表面之下。
树干卷曲它们的树瘤。
鸟的翅膀熔成钟乳石。
噢俄罗斯，你何时让你的处女
戴上白色花环？
餐桌主位上的阳光
直接照进众神和动物们的脸。

我的种族

我的种族
不再能听到
自由。

认识不到，
看不到，
当它被自由触碰。

我的种族
认为
缓慢地

杀死
他们的身体
和灵魂

是自然的。
只是偶尔
当它被

像新鲜空气
童年

这样的事物

刺戳了一下，
它擦去
前额的汗，

摇动
这噩梦，
这些锁链

来自它自己的，
转身
又睡去。

男人和男孩

他曾做出决定不去海滩。
一个木匠锯木，他已阅读了他的诺斯替教众。
穿蓝色背心装的孩子们出外待在海岸凹处。
胳膊摞胳膊，注目在提洛岛①旅行指南上。

太近了，闻起来气味过重。
他快乐，但担心他陷得太深。
如果身体真正和另一身体融合并在快乐中抽动
过久，一些别的东西会撤退。你就会

被悬留在空中，独自。不过现在他只是
闭紧他的眼，感觉肢体的温暖
和有力的臂膀。托马斯，你如此温驯，
却又橡树般强劲。通过你的

身体我看见了阿波罗和巨人们，
他们的脸和眼，他们的头
漂浮在水上在风中在盘子里。
你温暖舒适。你是夜的大师。

---

① 提洛岛（Doles），爱琴海上基克拉泽斯群岛中最重要的岛。在希腊神
话中，是女神勒托的居住地，是宗教圣地。在公元前5世纪还是提洛
同盟的大本营。1990年联合国教科文组织将提洛岛列为世界文化遗产。

帮帮我!

星星们正被砍斫。
你的一瞥使我血冷。
你已喝干我的能量，以便投下
影子。
那使我免于结冰的
疼痛
突突跳动，像一条又瞎又累的
狗。
你已压扁了我，现在我
不再能转动我的头。
当你睡了，呼吸深重，我逃亡。
你已耗尽了我。
我将不再反抗你。
但在最后一滴
消失前，我要
抓住我自己，把你
变成我特有的
纪念碑。

蓝色苍穹

用寂静、细长的手，你放出星辰。
送出我的名字像蜜蜂酿制蜂蜜。
蜇咬我！点燃我的眼睛。一个遥远的
野牛之海在灰、绿色天空里。
风味可以替换，而我不可替。
你被钉十字架，我消费你的果实。
看啊——我的每一滴记忆
都是拱门律动，现在凝固进
诸天界仍活着的奇迹里。
动物感动，让开道路，双膝跪下。
你推开风中草那白色的俯身：
胸口的标记将为"无人"
耀亮。你已灼热我的脖颈
用你沉默、温软的唇。

罪与激情

城市交通工具是绿色的。
正当满月。小心！我已为你
设下陷阱。我正在和我自己的
宿命论之贪婪搏斗，不是
你的。我的普纽玛滚过你，穿过
你的感官不能察觉的
空间。我受伤了。当心！我看得
远。他们对你耳语的是真的。
我是处置他人激情光芒的
大师。当心！我警告
你。你避开受伤因为你
睡在水晶里。我给予仅仅为了取回。
打开、渗入你。
穿透时间的底部，因为它正确。

给禁止我称其名的他

长大。胀破天空。
奔跑在弓中，箭中，洪流中。
嗅闻仓鼠。嗅闻仓鼠。
这里。窥探敞开口鼻。

有柔软的灰须。
窒息。窒息。
赌双倍或乌有
并摆脱嗡鸣。

呜咽。用细小的线
将红柱双链式缝起。
从泥土中捏出呼吸，
没有更多的醒来。

让血流淌，像穿着滑雪板
可锻铸的小小士兵，
没有更多的可被看到
因为他们皆被门吞下。

红色悬崖

轻柔，尽你所能地轻柔，
当你倾听，当你了然。
黯然，黯然当你坠落，
当你照耀，当你吞食。

让飞虫回其栖巢。
举起你的手，金色城市。
头盔闪亮，太阳落山，
露台花园安静

渐渐变凉。当你撤回
桨橹，不再陷蚀堤岸，
别怕。你不会红极一时。
你会是教堂。会是布匹。会是这样。

时间的节拍

噢，你，制造可能的纯粹快乐的人！
忍受痛苦，摆脱它们，无声的撒播，
果汁和细胞的喑哑布毒。
那出卖我的，拽紧皮带。更紧！更紧！
谁带着残酷温柔的双翼飞出我的死亡。
小偷是我的圣杯。
你，忘记我的人。
在我进入你的
瞬间冲破我血的人。
同样的恶魔。
你，对遗失一无所知的人。
唯一快乐的钉蹄铁架，曾将你的
皮肤置于火上的，
是那第一百万个刹那
当你夺得
兑现。
仅在那时你颤抖。
你，纵火并以你的外表燃烧的人。
你，嗅闻八月干草的人。
还等什么铁王子，我的
土星已在离开。
抱紧！

咬住你的狂喜，仰望。

万物摇曳：大海，月亮，李白。

不要回头，我的爱人。

你，我最深的热忱所向之人。

我正告诉你，不要回头。

你是那唯一。

只有你的雪是水晶，是墙。

唇

钢额。钢额。
当太阳出来，你使它熄灭。
在天空的黑锁链中你靠我而活。
黄蜂与羔羊皆蓝。
水晶的，火焰。

钢额。钢额。
你由合金打制，比黎明更白。
在这些眼睑之下我的
登山队死去，
我的心跳永远停止。

我已吸进你，以免
伤害你。
因此，当我带你
穿越峡谷，
我叫喊，你进入空无。

火焰和肉身，
你是幻影，黑色玫瑰。
你看到自己，在燃烧之前，
绷紧在弓中。
你的腭是一片豆荚。

致假人 *

沉思出神时，

你前来看我。

我像一丛橄榄枝——你的脸。

阳光下房屋着火。

石头垒石头糊起了桥

天空不断咬啮。

那些手抓住我。

我听见柔软鹅毛笔尖的移动。

烟从我体内升起。

我蒸发进你中，尝你的

果实，过路人。

绵羊在岩石上抓挠自己，

窗户被擦净在一场梦中。

甜蜜的排演浇淋我。

我正折起你的门闩。

剥掉你黑色、丝绸般的

温暖呼吸的节日大厅——

你生命的昙花一现的壳。

牧羊人

雪埋下所有的树，所有的树。
羊圈下我在火上烤暖冻僵的手。
我的羊因寒冷而倒下，
发出它们奶一般的咩叫，仰面朝天。

我已在山中年代久长，护卫
七湖。兀鹰怎样地盘旋啊。
十字架下它们一只只杀死我的羊。
我的煤烟变白，在深蓝的

苍穹下。雪和冰吞噬一切。
他们皆有得意之时除了我：我的愉悦，
我的笛声，我的溪谷。我始终独自一人

严酷的狗与我为伴，他啮咬我的包带
来减轻他的饥饿，暖和他自己，
使雪中的羊群停止它们的解体。

我的刺儿想操！

  我的刺儿想操！

噢，果汁，我看见你黄黄地眨着眼。

抚摩下我的小刺吧，抚摩我！

我被禁止说出你的名字，这

是根可怕的链条。我要用牙

咬穿它。看，我给你这牛犊。

还有山岭，森林和那条河。我要

从月亮上给你削下个杠铃，让你

变支桨划离它。玫瑰睡了。噢，嘉年华

那里橡树林凋敝。酒流过

你头顶，我塌落在你的划艇里

跌进睡眠。我在那颗星下放上干树枝，浇上

汽油，然后将这意大利人推呀推，推离

桥头，于是你会听到喉头咕噜看到

那人如何溺毙。（噢，木乃伊！秋殇！①）

---

①   Tugo，斯洛文尼亚语或塞尔维亚语的"悲伤"。

花与血

我是皮肤开裂的果实，

带转臂的被攥容器。

海鸥渴血，饥肠辘辘。

我攀爬时，它们被拔掉的羽毛

飘降。嗡鸣声，丝般嗡鸣

震响在结冰船只的喉头，在油轮

滑落的锈迹斑斑的门间。

我在这干什么如果我的封印开裂？

我该如何为我的黑蓝肩背涂抹脂膏？

嘿，小司炉，我在天花板下

捏挤你的头因为我开始呼吸了。

你的四肢跌碎在褐色金属上

不能被洗净。一只蚊子被困油中。

他们将伊利里亚①盒子钉在棍上

当盒盖被天花板压住

它该去哪儿如果不在盒里？你像

一团老蝇屎在灯泡上看起来半灰不白。

我们该投出矛枪吗？我工具全无。

越来越近的带滑轮的巨大皮箱

什么也没装。我被到处移动。

---

① 伊利里亚（Illyria），欧洲历史古国，位于今巴尔干半岛西部。

机器们正将我放在另一码头上。
自那儿一列火车穿过
黑暗隧道和潮湿峡谷
或行进在阳光，麦穗间的阳光下，
火车每小时在拱门前出发，车灯
和房灯兴奋。我将如何
记住你，小司炉。我几乎
没被卸货。只有一根过梁或两根，
只有行在脚上的远方，随后
有心的亲密显现于你
手。顷刻。顷刻。你手拍木头
仿佛敲那钢琴，你调节音调。
如此甜美，毕达哥拉斯所测定之声。

蜜[*]

我为爱而战，毒害了自己。

我为爱担忧，饱受折磨。

我的爱人有蜜一样的双手。

蜜（我如何忘记他）是他的双手。

如果我给出一切怎样还能写作。

他不会停下直到占有全部，

他不会遇到他自己。

来自痛苦的黑是我的身体，

当他饮下我的词语。

而当我给出最后一个他离开。

现在我再度写作因为我快乐。

因为我把自己消灭在了他中。

他起身，忘记了我。

永远。

他已用了他的致命短剑。

神秘，轻柔，沉默，他在我的血上滑雪。

婴儿啼哭。

香烟缭绕。

一块窗玻璃，尚未洗刷这个春天，房屋寒冷。

我听见三种鸟鸣

但不知何种属何鸟。

失去了你我也快乐。

---

* 以上19首译自《测度时间》（1987）。

快乐是热的，喷溅的大脑

无论谁被真正扔进纯粹的爱中
都不需要天堂，让天堂走开。
身体的繁花开进可怕的寂静，
墙和椅醒来。

一些事物曾经也是人类
成员。我的爱，
你加在我太阳穴上的热情压力
伤害太深。

它将我推入一个神圣循环，收缩，
膨胀。它的巨掌
给予，随后又散播我
进入骨，夜之白中。

我们是途经此地的过客，迷失，
无助。色彩，重量，性
离散。我的瀑布正在受伤。白色
水滴仍在，醒来进入磐石。

只有陈词滥调真实。鼻中
喷火。被攻击，被摧毁，被尊崇，

被舔舐。像一块石头的白，磨亮的
部分，被一代又

一代以爱舔舐。
它被赐予他们来崇拜。
来像虫子在他们膝上迅速溜走。
来以上帝的全能激情呻吟。

鹿

令人敬畏的悬崖，白色欲望。
水自血中涌出。
让我的形质变窄，让它粉碎我的身体
以致万物归一：矿渣和骷髅，一抔泥土。

你喝下我。排干我灵魂的色彩
你舔食我，似微小舟船里的一只苍蝇。
我的头被涂抹，我看见
山如何被造，星辰怎样生出。

你从我身下拽出你的山顶。看，我站在
空中。在你之内，排干，我的
一切。在我们下面，金色房顶向上弯曲，

小宝塔长叶。我在丝滑的糖果中
轻柔，强韧。我聚拢雾送入你的
呼吸，你的呼吸又进入我花园的神性——鹿中。

忧郁的四个问题

我知道。你正奔向战争，去踩躏花朵。
你的嘴里将是覆满灰尘的苹果。你将点数
你的步伐。你会意识到自苔藓下汩汩涌出的
所有水滴。我听见一个塞壬①。像一道粉红

弧弯降临山中，它沸腾，激烈
渴望他人，几把沉重的黑丝压
在你的衬衫下。农民们将酿酒，踩踏
葡萄于脚下，放声歌唱，欢庆丰收。

你躺下，头枕背包，想着
你结实的小腿。水定义轮廓。你
躺在苹果树旁，附近是一个个院子，堆满伐下的
原木，为过冬高高堆垛着。你的兔子在哪里？

背包里有什么？你为什么嚼着稻草？
为什么如此悲伤？现在阴影已吞没山谷，
开往波希涅②的最后一班火车已蹒跚上路。

----

① 塞壬（siren），希腊神话中人首鸟身（或鸟首人身等）的海妖，用歌
　喉使水手倾听失神，致航船触礁沉没。
② 波希涅（Bohinj），斯洛文尼亚西北部的谷地和城市名。

你的弗留利人①邻居是否用拖拉机

载你上山。你们两人安躺
山岗，比较着颜色：现在漆黑
渐渐变淡为蓝。你的蛇是否仍然蜕皮只要
你被框定光中？你何时凝望向森林？

---

① 弗留利人（Friulian），弗留利，位于意大利东北部，有着自己独特的
文化和历史身份。与奥地利、斯洛文尼亚接壤，濒临亚得里亚海。该
地区重要城市有的里雅斯特、乌迪内等。

圣莫里茨在停车场

我用勺子吃你的心：像蜂蜜，纯蜂蜜！
它噼啪爆裂像玻璃纸，像瀑布，你是我血中的纯白。
涂抹一只鹿的口鼻，我的头，我的颈，肩，
我的胸腔清楚地覆盖着你醇美的粮食。

一个电车转身的广场。
你是一本教材。一个烧灼器。线连着线。
再多些！将桶放到筏上！巴克斯①！巴克斯！可是
这带着金色门闩的白雪覆盖的大门来自何处？

角度在脉搏下移动，一个金色截面。
深蓝止步，天空变换的时刻。
我有更多丝绸而非蝴蝶。还有
中国人，第勒尼安人②，你的阿尔泰的天空。

马卡鲁③，马卡鲁，包含在一个小小的甜蜜主人中，
你浮动在我的几何形油酥饼里。被养育，
当我喂养我的俘虏。列队！一件神庙衣服，
一座堤坝在阳光下。多么美味的被征服和休眠！

---

① 巴克斯（Bacchus），古罗马神话中的酒神，即希腊神话中的酒神狄奥
　 尼索斯。
② 第勒尼安人（Tyrrhenean），第勒尼安海域是意大利半岛以西的地中海
　 的一部分。
③ Makalú，指马卡鲁峰，位于中国和尼泊尔边境，海拔8462米，是世界
　 第五高峰。

墙

诗人撒谎，河流流淌，女人吐气如兰。
我们挥舞拳头讲说真话，碎成
两半。面包片破碎什么夹在其间？
什么燃烧在华沙大火中？

当人死去钟声撞地？
我们的地窖里，土豆返生，暴出新芽。
去睡在园中，去睡在光里
这样它就能将你并入它光亮的墙。

如果你被裹在毯中，它
刚刚盖过热气腾腾的马——
它歇下了，累了，破旧
不堪——分秒勿失：

在花园的地面上有唯一一只
落寞的梨为人人而在。远远地，
像个巨人，像枚花朵，我意识到我如何
抓紧它，在光中泼洒它。

鹰，松鼠，雌鹿

妈妈，我抢劫。
我碾碎我的小卷饼兄弟们。
送掉我所有的词。
玫瑰在我身体里立起，
它触摸，收紧芳香的重量，
它爱抚，爱抚那石头。

你被抱紧。
水踩踏
该被踩踏之物。
噢，桅顶球蘑菇，
受伤的告解玛丽。
砖墙，别皱缩。
那儿在甲板之下，它们仍在焚烧水手。

而你：鹰，松鼠，雌鹿，
一切关系、所有事物的三角形：
你是我们俩。
我俩是天空里的所有这些白珍珠，
在你甜蜜的，既定的广阔黑夜。
我把你削进你的嘴里。
削进十字架。

我是你的灵魂，你的鸽子 *

你将我烧尽，撒播各处。
你点燃我，肢解我。
我的鲜花在你之庙宇中，那些
土地的圆形蓝色领域，我死于
其上
渐渐变硬。

你窒息我：我使大地结出果实，河流苏醒。
以痛苦和激情
蜂鸟黯淡了太阳。
你是盗贼，我是你顺从的俘虏。
我在你的靴下破碎。

踩踏我，踩踏我，碾碎、废除我！
其他的虫子也必得饮下。
让我洪流泛起淹没所有的你。
像肥料的最底层，你的废弃烂泥。
你的浩瀚战栗帝国，你
像只羔羊不停摆弄它。

你，温暖我的人。

_____

* 鸽子（dove），在基督教中象征"圣灵"。

你，以玉锁链摧毁我的人。

我是谁？我是你的，只是你的，你咬紧我

在齿间。

你撕开我，像非洲被撕离了印度。

我是喜马拉雅山。

只要你注视我，我的海岸。

只要你嗅闻我，我的海岸。

只要你爱我。

哑然静默。

慢动作

那么这里，那些火化的人在哪儿？
他们死得像不占空间的薄板？伊玛目
告诉他们了吗？人们传说：首先你走在
洁白、洁白的雪中。膝盖裸露
然后你跪下。你不知道是什么悬于
上方：耳环，鱼钩，中国
编钟。它丁零零，鸣响。白是
不能忍受的，多孔的，有数的。然后你
踏上了沉默的土豆花园。
命名了骑士土地的土豆们，以某种方式
在空气中汩汩流动。它们转身，它们
闪闪发光。名字像橱柜一样
关上自己。没人抓挠。而
最遥远的梵语深情脉脉地流淌。
但是每条小溪都有关联，因为
最后它像个牙医一样伤害你。第一
语言也是偶像迷信。发端
已拟定。而问题是：是否
事物黏附于生长，是否称名
导致某物，是否小狗交配，
全都在这白蓝不同寻常的温暖
麦糊中，精通命名者这样叫它时
所称恰切。爱与恩宠的海洋。

米利娜，我的诗行

我看到它在填装、整理。一个目击者。我
命令金字塔们造我。我不能自已。
我颤抖。并撞上你的柔滑丝缎，双头的
力。我如俘虏陷入你，一匹

我生命最后热情的忽隐忽现的马。你是飞鹰。在你的
崇拜者们的所有血浆中我是那受伤最深，
暴露最甚者。我抚摩你潮湿的双手。
我要杀戮。任何时光三角洲的

丝滑刹那，你的温柔脉搏想望的需要的，我亦渴求。
你支取我，消散我。我遮掩自己四下流溢。
让那充足豪雨降下，让山间客栈、

别处的河流、呼吸的岩崖吸进它们。我将回应以
祷文。以可怕、灼热的火，以便效劳于
你。因此你的轻柔权杖可以折断我的颈项。

基督在赫尔墨斯*门前

你的脸被埋，几盎司的冰从楼里看向外面。
那是你吗？我需要给上帝一个样板吗？
甜美，甜美，我们都谦卑又甜美。
汽油聚集我们齿间。

因而我们长出蓝色尖牙。
谁是那沿着我们嘴唇摩挲的沙？
你是只花瓶。我的手抚摩你。
灰色黏土在轮上旋转。

当我用手掌赋形你的嘴，它存在了。
爆炸。变色。从灰中召集红。
火抚摩你吗？燃烧你的指甲它们发出恶臭吗？
我用你缠裹我的前额。你的皮肤是根带子。

我想你已成形，也许只是有点硬。
你站得住脚。

---

* 赫尔墨斯（Hermes），古希腊神话中奥林匹斯十二主神之一。神格复杂，是诸神的信使和神与人之间的信使。到公元2、3世纪时，赫尔墨斯和埃及的托特神被结合在一起，形成了赫尔墨斯教，新神被叫作三倍伟大的赫尔墨斯，以他的名义集结了一批传说和神秘教义，包含了古埃及、古希腊和古犹太神学思想，体系庞杂。

你体内会嘶嘶冒泡吗？
花朵们的各色花瓣会漂浮水面吗？

它们会偏离开侧面吗？
冲向它们？
冷静？你要我撞碎你吗？
你仍想像蜂蜜那样从我手中奔下？

我会把你绕在肩上。
赞同所有飒飒有声、甜美、光亮的角色。
你是精华和你一道我从大地的肚腹内唤出悬崖。
我拖出它们。

当其他万物都已消融，它们不融。
当香草和我的树木之水翅膀
在地心流淌，我们不烧。
我们的尖牙便是为这难耐的高温而造。

我们已被耗尽。
像大象与橡树被合铸，成为一体。
哦，"她—象"的耳垢！
我已推你进去？

救赎之树

我震惊！[①]你笨拙的

手裂响如湿地。如一个十亿

年没有十字梁的银色年代。

没有王冠。没有地面。蘑菇，轮船

（至少是水道里的小船）。你的每一根

头发都是一份独立的简历。看着

它们离开，刨平它们。或者把它们束进发辫。

至少用头巾盖住，盖住它们！

当你对着嘴翻倒瓶口，你不觉得

它可能会使你船只失事？每颗星都加热自己的烙铁。

全然赤裸的力不会有助于你剥即便牛的皮。

你必得知晓何处可下刀游刃。何处可

负载你的思想。如何将烟雾导入管道

送入林中。天空在奔跑之前

要稍稍硬些？它会像窗玻璃迸裂吗？落满灰尘的

晶体似蛛网向外传导痛苦，自

能量的中心，事实上一条白色

布满纹理的路在当中掘洞，不是

事物自身的横祸。它突然来到车中。

---

① *Anch'io sono stupito.* 意大利语。

大海延续

用美丽描述刀子是自然的。
野性是血的权力。时间，奔跑，
终极限制的帘幕正引起这深渊激情，

对天启的呼唤。你窒息而死。在你
过分年轻、潮湿的侵浸礼中。基本功无用。
这不是批评。它是美丽，荣光。不逊色

于倚靠在他外套之丰富柔软上的庄严。
我们需要他。但不是我们需要
公牛中的天使之躯的方式。带着

被砍下的翅膀和头盔。不。你的脸必
暴露，你的棕黄色，皮毛，柔软的畜栏，
萨图恩①燃烧躯干的末端。历史应为你

工作，把它安排在人民中，光中，
巨大质块的技术中。我想
看到河流涌向你。你的每一肢翼

---

① Saturn，土星，或古老的罗马农神萨图恩，即古希腊神话中宙斯的父亲克洛诺斯。

都卡在我的喉咙里。让岩石们的合唱队之蓝色
延续，让它变化，让它更替。让你的皮肤
感觉到。人群所经历的，

使他们在法庭上被接受的东西。
分开尚在空中的雨滴。在右边，
左边。处处。在菱形中，椭圆中，

珠光闪闪的维柯①的盒子里，在沙中
儿子正建谷仓。人的手臂
随后成形。一切所需

将加一粒荣光——唯一的
真爱之吻于它。它同于
地中海的洪流之迁移。整整

一百万年的沙地，随后
水团再经直布罗陀海峡倾灌。
几百年为让海变平，

让我们用尽自己的时光。强大是
忧郁的钳夹。对它之蓝的轻触
喷出，火焰熄灭。

---

① 詹巴蒂斯塔·维柯（Giambattista Vico，1668—1744），意大利政治哲
学家、修辞学家、历史学家和法理学家。以《新科学》闻名于世。

石蕊

在欲望的直线中暗淡下去的平衡
沿我的山脊行走，在那儿。它冬眠。变成
一种冰激凌。当然，可他们怎样杀死

萨达特①？火从它造访的帕斯卡尔②的何处
冒出？或者为何颤抖就能压坏你的脊柱？
（他们拉伤了它？）如果你有嗅出正确之词的天赋，

它就埋在正确的角度下。就像你要掘地三寸
在这山中。岩石躺在那儿
有个目的。这天空的蓝绑着，

塞着。像博伊斯③，和恐怖分子们。白色，小眼睛，
血，恶臭。一只蜜蜂懂什么传花授粉？

---

① 指埃及前总统穆罕默德·安瓦尔·萨达特（Anwar al-Sadat, 1918—
  1981），在开罗举行庆祝赎罪日战争胜利八周年的阅兵仪式上遇刺身
  亡，终年63岁。

② 指帕斯卡尔在1654年11月23日夜10:30—12:30间经历的一次关于火的
  强烈宗教视像体验。此后帕斯卡尔离开了数学、物理学的研究，而专
  注于沉思和哲学、神学的写作。

③ 约瑟夫·博伊斯（Joseph Beuys, 1921—1986），德国著名行为艺术家。
  是20世纪行为艺术、偶发艺术、装置艺术和观念艺术的重要代表之
  一。提出过"人人都是艺术家"的著名口号。

谁倒竖起宇宙之耙，使它闪耀

如最具挑逗感的性暗示，引发
一个命令，变硬在你脑中：为你自己
抢占构想，放在你的胸口，拆开它，

像孩子第一次拆散
一台收音机，看看侏儒是否住在里面。构想
柔软如粗生胶制的橱柜。它燃烧

如野火在山岭。它将蜂蜜拖
进你的眉毛，你的脊骨。拉长你的手指。
当你猛冲，抓牢那毛茸茸的爪子，

我们在这，就在这儿，世界将静静站着，以我
为它的靠枕，像一个士兵
侧边微微露出更慷慨的枪口。精妙。

颈

你能忍受我吗？当你戳穿我，使
我的双翼战栗。体液会直接流淌，
穿过你，并渗进地面。我应当会

又饿又痛。你回头看，
它会是在给恐怖打气。落下像已死的岛屿。
湖面治愈癌症。所有物质都有气味，

都迷恋丝绸，不过它们只是脱节的部分，
我，你已错过之人。人所敢于保有的
一切都与你同在。在你身体里像个

环流。如你呜咽的皮革所梦所叹。
如我的犁铧。你的沉默和绝望。谁
流血的鼻孔？蓝色液化气

流过你的感官，比现金蒸发时
更具冷冰冰的一致性？一切俱在
你中。我的血，我的父，我的祖先。沉没的

定居地。群山，我已弯回，如果没被
刺穿。我的气味，怎样地弥漫在

蓊郁的林中。你怎样地抓住云杉树干，

抵挡他们的焦油和粗劣。你的脖颈，
哦，我怎样地绞拧，你散播快乐
穿越你的身体而下。遍地嚁鸣。

而你那天鹅绒的灰鳞柔软度如何？
如此适合于你我之眼的那水，它流溢。
使两股沙沙声互扑，扭打，

紧抱，两种力量出发，
命令天空，像个堆垛原木的农夫。
那屁股，咕哝，眼泪，直到它爆炸。粘住自己。

于是它被浸透、绑住。于是沉默的机器
像黑色船只侧倾穿过针脚，蚀刻出
每一纹理，当它鼓胀、平息。你听见了吗？你能

用你的气味还原它吗？我的脚步被计数？
碎成齑粉，你成为自己的礼物。我嚣哅。全部
你的——黄色大蟒。山雀。兽穴。风箱。一根

铁丝。白热。我统治因为你的血已毁灭
我。没有死亡，没有沉默。这拳的伸张淹没、
烫伤万物。你的巨块坍塌于洪流。

爱

我的心边拧边涌流，
机器嗡鸣。
我的皮肤鼓张如鼓。
我的小爪子光亮闪闪，用那甜蜜的涨潮填满我。
我的臂腿张开、咬住，
吞没天空。

头吃下头。
蓝色匆匆，涂写。
大地行进在小小堆垛间
所有骨都是丝绒骨。

小鸟折断头颈，在血泊中。
体膜迸裂。
它泼溅，权力和
鼻息的柔情会合。
于是神圣造物萌芽，
小小豆粒，
一床垫子，
一口池塘撞入眼中。

狗有尾巴。

衣有帽兜。
松树张着根根松针
摩挲鼻息。

表单，变化如
城镇题铭
在车站，凿穿
火车之血肉与时刻。

谁亲吻我，抓住我，
用筛漏挤压我，
闪电吮吸我。

我是一口狼吞虎咽。
我是受赐福的不停咀嚼的身体。
植物的小雌鸟。
植物的小雌鸟。
我的塔之嘴的大厦，
燃烧，塌陷进自己中。

一袋袋的活谷粒，
我是甜蜜之根，
上帝插上插头像块芜菁，
群星涂抹天空。

你的蜜，我的蜜。

在这里。
在你身旁。
这里，你身旁。
这里。

喉咙*

格子棚燃烧，烧，它们烧完了吗？
太阳中有血。我将捣碎的红葡萄藤叶
铺到你面前，铺进你的绝顶。我的

上帝，多么美妙的柔软脖颈。怎样
覆着面粉的身体呀。是。一条鱼会像那样
行动如果我活煎它。但我没有。我宁愿把你塞进

墙里，在题词之上，像一个巨人压碎
一个世界。在写了名字画着汽艇的黑板
左上角之上。我向目标射击并向

身体和脑袋将合铸的那一天靠近。
逼近的夜和朴实无华的罂粟气味。
当你第一次沿柔软的锯拖拉我时的欣快。

谁第一个抚摩，吃下并只在那时采摘？
猫？鱼？哦，拍这正咀嚼的动物，它的快乐，
空空的眼。手的潺潺流水和记忆的吞咽皮筏。

你按压自己，我倒空你。你想要
一朵刺青的地方你的气味最浓。也是你战斗的
地方。仁慈地。疲倦地。你取走万物的地方。

＊　以上16首译自《活的创伤，活的果汁》（1988）。

为爱德华·科茨贝克*70岁生日而作

我一直回避你，伟大的诗人
和思想家，你是个过重的
负担。我在身后划出一道激烈的线
以使我能自得，轻快，

灵活。一粒微小的阳光尘埃，
舞蹈，当它嘎扎咬嚼缪斯们的主持人
为了一个笑话，当它高高喷吐每一粒
橘籽在空中。你

强大有力，并非一枚柑橘。它们
如何闪耀，它们如何发光，以致孩子们
也指着乘骑风中的五彩风筝。我是
健忘的苹果树曾

浇灌它的泥土。今天我懂得了
是谁，而非任何其他人，塑造了
我们的自由。我震撼，
急速举杯

---

* 参阅《圣乔治在墨西哥》一诗下注。

祝你健康。你看，恰好
因为这是个节日我必须
继续咬嚼。时时
刻刻欢乐强固。

给麦特卡

如果我点燃房子的白骨架，火焰会
比跌出我们身体的重量更明亮吗？
比桑巴舞，比我饱含水分的头颅更明亮？
我站在雪中。你舞蹈。在巨大的

绿色树冠下，你饱含水分的忧伤眼睛。
我们聆听韵脚和你画笔的刮擦声
草场上你看见苍苔和混杂地衣
下的，一只白色猞猁在暗黑绿喉中抓挠。

天空曾停住上行的脚步并喋喋不休吗？你在哪里歇息？
在一次雪崩中或在大地上？我在这吞食自己，吞食自己，
不断隆起以使自己被撕毁的高度

在云层——粉红，蔚蓝，暗紫，和在花朵中，
像提埃坡罗①，空气在他身后洗净自己，
在光洪流涌来碾碎我们之前。

---

① 乔凡尼·巴蒂斯塔·提埃坡罗（Giovanni Battista Tiepolo，1696—1770），
　意大利著名画家、壁画家，画风属早期的罗可可风格，继承了巴洛克
　艺术传统，开创了天顶画的开阔视野。

拉特瑙 *

在一个咒语中你会再次裸露，

盖住你的头，等着我。

你的肢翼会丰满柔软像块磁石。

你会饿，不是设计出来的。

你被钉牢在汗水中，但仍渴望更多。

你会奔向我一如我涌向你。

你，置我于火上的人。

你，吮吸我，监管我，清空我的人。

当我抚摩你，你的山林飒飒作响。

在我的保护下你熊熊燃烧。

致命的是我的爱。

我害怕我会像一门大炮跃起。

像一只鱼眼。

我将陷进你中，像节电池喂养你。

成为你的寄旅，而后死去。

歌唱！探究！再度痴迷于我！

你不信，不信。

所有你倒出的岩石。

有多少照亮你而后溢出！

你剪短不多的头发，它们生长

---

* Rattenau，德语姓氏。

在你写一部《圣经》时。

你怎样地让我闻到你！

你怎样地让我抚摩你！

你的声音怎样地收紧——

仿佛被吸入甜中——

当我在远方呼喊你时。

你被唤醒。温热。亲切、柔软

如面包。丝滑、乐于给予。

你走过的地方雷声隆隆。

我们喝。我放牧我的灵魂，

你捆绑它。然后我们融

合像两个柔软的破布娃娃，

拧出我们自己，像马尔科王子①

穿着他的羊皮外套，那已经风干了数百年的——

而他拧出了一滴。

当你摔倒你没有受伤。

你抓牢我。剃我的头。

被包围在我们的呼吸中我们

躺倒，倾听。

你植入，只是一点点。

哦，丝绸！挣扎！时钟！深蓝的蜂巢！

我重塑所有你的坚硬岩石为

---

① 马尔科王子（Prince Marko），14世纪塞尔维亚国王。统治区域仅为以普里莱普（Prilep）为中心的西马其顿地区。在巴尔干和塞尔维亚口传文学传统中，他变成了奥斯曼占领巴尔干地区时英勇无畏的民族英雄。

柔软的巨块，建造。你推开我

轻柔地，说道：别

发疯。你太疯狂了。并

盖上我当我冷静下来。

抱紧我甚至在你想要阅读时。

我放牧自己仿佛葬身在三叶草中。

你的冷酷如此柔软，我

醒来更加青春焕发。

你究竟会不会启航我的灵魂，你，高洁者？

现在我是你的岩石。

被锁住。

圣让内 *

我是你中的强盛。
在你之中我是我自身。
你是我的牛奶，我的藤架，
我的酸橙。

蝰蛇叮咬然后离去，嘴里钻出叶子。
曙色是兄弟。
断裂令人敬畏。

当我伸展手臂，摊开手掌，
我感觉你的温暖在我手腕。
我摆动如卷线箱，
在温柔的火中我抚摩你。

我一勺勺舀你，旺斯，图雷特斯–叙–
卢普，拉戈德。
这些都是我的餐用油。
我的指令。

---

* 圣让内（St. Jeannet），位于法国东南部边境。是旅游胜地尼斯蓝色
  海岸区域的十三村镇之一。诗中第四节提到的旺斯（Vence）、图
  雷特斯–叙–卢普（Tourrettes-sur-Loup）、拉戈德（La Gaude）也
  都属于十三村镇。

随后我打开车门再次
取出网球拍，将球
打进墙里，仿佛我想变得
弹力十足，干净利落。

救赎你并死在你的潮湿中。

看！你的嘴吐丝
缠绕我的拳头。

男人 *

今日圣诞。

我的小刺蠢动。

我与雪白做爱

整日看雨，滴

落雪上。

我穿深蓝罩衫。

微微颤抖，

我的衣领已磨穿。

感激如狗，如大象，

母牛。

你的腿壮美。

你的臂膀，自感知与

亲吻、爱抚中受伤。

我吃下你的每个细胞。

融化你的体膜。

我隆隆而语。

身体立起。

感到每滴水

沿地球表面滑落

入海是一种伟大的爱吗？

---

*　以上5首译自《孩子和鹿》(1990)。

我是沙漏和其中沙。

我是花开和手袋套。

甜蜜的心随你皮包的脉搏而跳。

我的剑疼痛。

我的肩嘶嘶作响。

泳池环绕我，与我一道膏涂其墙。

哦，面包！

仿佛你的手掌能抚触人鱼，

她们柔软的小小黑色口鼻，

一点点疼，一点点痒。

上帝的权能扔你在地上

像扔只饺子①。

---

① *Pierogi*，波兰的一种面食，极像中国饺子。

创伤

我害怕。

我离上帝仅有投出一石之距。

他摩挲我的鼻孔,我知道这个,摩挲我像可卡因。

他红得像一张曙光地毯。

我也抓住内在奥秘。

烟雾飘散,轻柔,油腻。

我转动,像只水桶。

我转动在一把位于世界

之四方的轮椅中,像马克的妈妈。

她是中国人。田地已收割。树木均

中毒。

那些小酒馆,店主倚门站立,

操手袋中——锯屑满地——口哨声飘飞,

它们还在吗?

骑士,比如。

圣弗朗西斯科此地群山地质时间老迈。

他们最为年轻。在祭坛之上,仿佛他们有台小小

发电机,马克的妈妈,那中国人,正转动

如罗盘。几张书页——他们用冰刀

撕下。一日流逝:要是我

正嚼食一把燕麦我会感觉不到任何事物

甚至不知道我正在吃。

盖上我。
盖上我，用风帽，草，沙，活塞，不断挤
出空气，防止一出悲剧。
让我用皮肤来感觉甲虫，让我感到它们。
让我的每根头发都长得足够
撑起一座电影院——和雾。
这样便无人能看到谁在那儿。

让人们在银幕下做爱，
让每一中风迟钝。
骰子，还有时间，让它们蒸发。
别让荚壳爆裂。
让荚壳爆裂。
贝壳齿间有丝绸。
洞穴里有索道，索道里
有矮人精灵。你记得吗？若不是
你的饮料我老早就蒸发掉了。
你射中我的额头。
你唱着"不"的摇篮曲。

缠绕在玉米须中的一切升起。
烟——气味使我们平静下来。
你，也是透明的黏土。
水泵下的一棵橡树燃烧。

我抓起桥墩上的U形铁

把自己拖到海岸。

太阳，哦，我的太阳，

你正焚烧我。

如果我失去了**你**，我便失去了**形式**。

凡尔赛

画在地球外壳上的国家边界
不比我窗上的霜花更持久。树木
着装。撞破。你用冰低语，泼溅。
我拥抱你轻触你。我移除你的牙齿，

像钢琴键，然后再把它们放进去。现在你
不一样了：进化抚平了创伤。
它们又会啃咬，闪光，它们会掠夺走
你的悲伤。我会给你充气，炒爆你，一而再

再而三，别担心，我不会累的。皮肤
需要关爱和引诱。而有时候你有十二层
我们必须立即弄清你是否是个对手。

越来越深地切进你的滋味。同时也：温柔地
把他们赶回到一块儿，行人们跌出你的翅膀，
在最愚蠢的时刻。你是斯洛文尼亚人，因而悲伤。

里瓦

渔夫们的渔网从巨人嘴里垂下，
你的眼睛，火烈鸟，你的灰色全胸侧腹。
鸬鹚们劫掠轮船。在舷梯

顶端："去你的舱铺！"奶牛腿脚悬垂
如发梳的断齿。星光四射。侍者们
将钻石别上桌布，而在赫瓦尔岛①，

电影院前，某个人乞求着
还回我丢失的钱包。迪坎到了
韦拉②。我带着布兰科的妹妹。几年后，

我们吸着肯特烟："你什么时候毕业？"
我毕业时要去环游世界。黑人
从甲板上猛推开瘾君子因为他

就地小便。他没有拿起扫把。你
和你的祖父吵架。你不会
写文章。你因天气寒冷而幸存下来。你惯于

---

① 赫瓦尔岛（Hvar），亚得里亚海内的一个东西向狭长的岛屿，属克罗
地亚，岛东西长约80公里。
② 韦拉（Vera），位于克罗地亚东部的一处村镇。

在冰上行走。在克里特岛你的皮肤起泡，

在巨大的灰石上，它十二月仍暖。

亚姆尼茨奇医生正归来。如果一只母鸡被束缚

做小鸡它会继续做小鸡。护士们不会啃咬她。

夜晚她头顶水罐行走，

在镶木地板上。我们房中无画。

众墙环绕。你的头发是马鬃。他

来自附近地区，你的所有脏东西也都坍塌了。我?

什么塌了? ①还有抬起钢琴盖的忧虑，

眼睛闪动。基督圣体圣血节②的

游行队列，超大自行车

在筏上。耶蒂在筏道中乘骑圆木。阿什伯利③

1986年在库柏联盟④说："如果你干得/好那很

好，可如果你干坏了那也没什么

区别，你是平等的/和其他人一样，

---

① 诗中斜体诗句均为意大利语。据诗人介绍，这些意大利语皆为威尼斯
   地方方言。

② 基督圣体圣血节（Corpus Christi），一般在天主圣三节后的星期四举
   行，通常会在五到六月下旬间。

③ 约翰·阿什伯利（John Ashbery, 1927—   ），美国当代著名诗人。赢
   得过美国几乎所有主要的诗歌奖项。以其作品的后现代复杂性和不透
   明性著称。

④ 库柏联盟学院（Cooper Union），位于纽约市曼哈顿地区。

魔鬼不会因为你是谁或是否

你的名字母音变音了就给你鬼扯淡。"《流程图》，

卡尔科奈出版社，第100页。那就是为什么你应付不了卡瓦洛蒂①。

吐痰，搞笑，你不明白谁时尚。

漂亮，可她穿戴不佳。许多小球，

翻腾的泡泡，他们为那小家伙吞下。

所以，小船，你的上帝应该恒定不变。是葡萄汁

更好。然后赫尔墨斯又出现在了奥林匹亚，偷来的

睡衣在皮里乌斯港的船上。把你自己扔进针尖丛。

美丽岛居民，鲨鱼们。没门。压根儿没门，

就算你想要也没门。谁会得到牛奶？你已经得到了

皮短裤。我的上帝，今晚会来。好吧，

好吧，扔给我钥匙。赫拉用油煎玉米饼

报复他了吗？莫扎特不害羞，

他没有停止凝视。我们杀死英国

国王们。我们正给弹夹喂食。琳达的爸爸

为黑手党洗钱。她正抱枕而行，

----

① Cavalotti，一种可以放置独木舟或小船的支架，也可以坐在上面晃荡，
　 看女孩走过。据诗人说。

写着《幽灵钱》。那个谦卑的人，安静的

黄毛丫头正吞下数立方米的崇高。
问题在于，父母定要挣扎而行。或者告诉他们
你正爬过空虚。爬过白色的万物。

万物在细雨中。万物在雪封的森林里，
森林系于地中海。在第二大湖，是的，我听到，
在作曲家的小木屋——去年他被采采蝇

又蜇又叮，他没有从非洲回来。
同一个人说你须得处处将你的自我
泼溅。我忘了他的名字。我有

小小鳄鱼们在舌上，没有故事。
甲壳虫们是笔尖。关于人类头发的
隐秘加法。你知道，如果死亡捉住我，白色的

弥撒会停留，我们争夺布丁。给养
不是问题。那什么是？摇曳的
灯火在贾尼提奥 ①，东方的敬重？铁轨

撞坏，胳膊扯落。在威尼斯的镜中

---

① 贾尼提奥（Janitio），墨西哥城市名。

他们舌舔各种关联。你不老，你不老，
我要告诉你，是的，我要告诉你。这气氛

带回布雷采利们、贝布莱尔们。博戈米尔们
消失，结婚了。这是我们的童子军大会。
我们不采任何花朵，她们都受到保护。

漆

命运碾过我。有时像只鸡蛋。有时
用它的爪子，把我猛扔进洼坑。我大叫。我采取
我的立场。押上所有的精力。我不该
这样做。命运能扑灭我。我现在感到了。

如果命运不为我们的灵魂吹风，我们会立即
冻僵。我日复一日地担心
太阳不再会升起。那么这是我的最后一天。
我感到光从我手中溜走，而如果我

没有充足的季付款在口袋里，麦特卡的声音
不是足够甜美、亲切、可靠、
真实，我的灵魂就会从我的身体里逃走，就像终有一天

它会。对待死亡你必须仁慈。
家是我们所由出之地。万物都在潮湿的布丁中。
我们只为闪光的一瞬而活。直到漆干了。

从根特*祭坛来的单峰驼

骑你的自行车去科尔多瓦①！你的雨
将会是我的雨。我是雨，小
老虎，你会咆哮出蒸汽，当你越过水坑

和南部里尔②，我会推翻你。
你的膝盖会被削去，你的血会
逃走。你还记得在格林斯奇卡③追我吗

（在干旱的夏季），高估了我的骨头
还梦到我会坠落（是我在梦），还有，
为了完成那幅画，撞到了岩石上。

我不会匆匆越过散发着苔藓味的瀑布
中的碎石堆。帕夫莱强迫他捞出
一百里拉的鱼，而你奚落我和小女孩

---

* 根特（Ghent），比利时第二大自治市，或也指这个市中的根特城。
旅游胜地。
① 科尔多瓦（Cordoba），西班牙南部安达卢西亚地区的城市，科尔多
瓦省首府。
② 里尔（Lille），法国东北部城市。
③ 格林斯奇卡（Glinščica），斯洛文尼亚语河流名，该河位于斯洛文尼亚
和意大利边境。

聊天。那时你正零落成雨，我没有。
我需要片刻让她来合成我的心。脱胶
并糊上你的凉鞋。骑你的自行车去科尔多瓦！

我是只南瓜。我正站在心的中央。
我的腿脚是欧洲的一副圆规。我使自己
柔软如面包，在里斯本。你还记得

你怎样在根特大叫了十分钟吗——全无
感觉。斯米亚蒙住螃蟹的眼睛
这样它们交配得更快。喝起啤酒（布兰奇）跳起舞！

在安特卫普*，公共马车上

你又逃走了！
吱嘎碾压的不是上帝。
哦，大教堂的长窗，
纸板的光线，特莱维喷泉①，
刀在闪耀，芳香甜蜜。

卡拉马祖②！
弯嘴唇的俾格米人③，
坦克们，盖着青蛙胡须，
轮子和钢顶着我的脸，我
仰躺成双V字形，
在一层薄膜里，有营养的薄膜里。

触摸光滑的表皮，他拍下青蛙的快照。
我的主是个环。

---

* 安特卫普（Antwerp），比利时第二大城市，最重要的商业中心、港口城市。欧洲第三大港。

① 特莱维喷泉（Fontana Trevi），罗马最大的巴洛克风格喷泉，著名景点，游客常会在此地许愿。

② 卡拉马祖（Kalamazoo），位于美国密歇根州卡拉马祖县的县治城市。

③ 俾格米人（Pygmies），泛指全族成年男子平均身高都不足150cm或155cm的种族。比较知名的有非洲中部的俾格米人，如阿卡族（Aka）、埃菲族（Efe）、木布提族（Mbuti）等。

我正叫你回来，那时你爬上
屋顶，于寒冷中，在树叶里掘刨。
你想象过你会弄脏拖鞋吗？
我们会暴露在外。
所以我只是磨损我的手，
卸下它们，让它们撑住你
旋转你像只陀螺。

生菜在垃圾箱里吱嘎作响。
你是在天堂里缝制管弦乐队的
线，栗子裂开之时。

1990，在加利利*

滑雪者把大麦搁在头顶。这儿，沿

泰晤士河，住着狄更斯。在省城

欲望更大，小镇上你的爷爷

种下栗树，而你正造歌剧院。

无休止的人事讨论。谁应当

唱，谁在日程表上。娜斯塔加夫人，夜以

继日——耗生命于打电话、发电报。

但在这儿，瓜纳华托①，我们被败坏。我们有

别的市镇，两个，居于三百米深的

地下，有众多河流、教堂和银

矿。我们的木乃伊不腐。卡鲁索②每唱一次

失重两磅。他饮用

---

* 加利利（Galilee），以色列北部地区，面积约占以色列的三分之一，
该地因是耶稣基督的故乡而闻名于世。

① 瓜纳华托（Guanajuato），墨西哥三十一州之一的瓜纳华托州首府，
位于墨西哥北中部。

② 恩里克·卡鲁索（Enrico Caruso，1873—1921），意大利著名歌剧演唱
家，被认为是有史以来最著名的男高音。在20世纪头20年里，他还演
唱流行曲，还是那个年代的录音先锋。

镁，他嗅来嗅去。商人们带着包袱
在园中等待，展览着帽子。齐尔卡
安排他们坐在岸边。没有工人，没有管家，

户外，就像我们在哈洛兹①。而当你扩大
停车场，在另一边遇上
厚板。不像科约阿坎②。那里院墙

高耸。从外面你看不见什么。你几乎
听不到行刺托洛斯基③的冰镐袭击声，
不过他的下颌骨遗传给了

薇拉。瓦斯科和我正看着她。商人们的
包裹透湿。歌手们不会再唱。
母鹿们也绝不再漫游离开城堡。

---

① 哈洛兹（Haloze），斯洛文尼亚东北部的一个次区域，在下施蒂利亚
地区。
② 科约阿坎（Coyoacan），墨西哥市十六个联邦区之一，其名来自纳瓦
特尔语，意为"有郊狼的地方"。
③ 列夫·托洛斯基（Leon Trotsky，1879—1940），曾是苏联共产党和第
四国际领袖，后被斯大林流放、驱逐，躲过多次暗杀。1940年在流亡
地墨西哥家中被他当作朋友的苏联特务拉蒙·麦卡德用冰镐凿入后脑
的残忍方式杀害。

有亚祖乐队一句引言的照片：深居在彼此的梦中

基督是我的性爱对象，因此我
不是个伦理问题。我引他到草坪。
像个小小牧羊人，我强迫他吃草。

我把他连根拔起，清洗他的腺体。我们会
在树下冲洗自己吗？什么时候
我们在大地上伸出自己仰望天空，

什么移动？我们将有足够的热量
过冬吗？我们会削土豆吗？
我们会用熔化的铅造士兵吗？我们会

用胳膊走向奶牛的口鼻吗？
我们会叮咬马尾吗？看着纳诺斯山。
我们将藏在地衣中，躲在玻璃片下。

当你给树拍照时，你
照顾到爆炸了吗？你究竟什么意思？
雪白乳汁穿越地脉行至

永恒，擦亮黑暗？我是一枚小小的核
落入你的果实。我使你抽搐
将你捆绑。我们钉你在十字架上。

龙涎香

我身在收藏龙涎香的地方。
那词黝黑，我们在其中看不见任何东西。
橡树叶从一张嘴里爬出，我们从沉船中

举起吊桶。我的货物
之冻疮洁白。白色丝绸的领地。我在
厚钢中，在嘎嘎作响的弹簧床里，在

正开始雕凿出人形的方石里。
茉莉花丛中的风看不到什么东西在倾倒。
既然我会落下。如果胸膛变得更沉重，手

会怎样？我正在用指爪行走。远洋客轮啜食
甜饼。没有小鸟飞进这场景。我用
观看和凝视把自己围墙般筑入，我起伏滚动。

小小足底正在大脑的温暖拱门上滑雪。
光荣知道。我与上帝共立，背靠着背，
在白色的庄严弥撒中。密特拉神庙①是厉声尖叫。

我在铁上呼吸于是它变成矿泥。

---

① 密特拉神庙（Mithraic temple），密特拉教盛行于公元前1世纪到5世
纪，主要崇拜象征着太阳的密特拉神，此教只接受男性入教，故在罗
马士兵中十分流行。

纱线的表面，豆荚的表面，
它是雷声，我得说你有用处①，笃笃，笃笃敲击，

别跳，待在后面。如果眼见次次探访打开宝库。
你会看到廊柱的眼睛，丰肥、激昂。
你自己的脸的长途奔跑。

桥会被套上枷锁。链条上的巨大链环。
桥会成为棒棒糖。雌鹿与花朵
会带着它们的小小口鼻与兄弟们一道迸发生长。

美丽会躺下。你会刺戳它内里的洞。
所以它不会变硬。所以黄铁矿和玄武岩
和普埃布拉②的印第安人会待在架子上。

他们将互换小小铁环和十字饰物并
敲打公鸡们的脖颈。在客厅
它会不安拍翅。第二个句子

属于叶夫根·巴夫恰尔③。无人在
波希涅度过一个不眠夜。我们，高贵的主人，
让你们拿走这里的一切。以便让你们造一部辞典。

---

① *direi che sii bravo*，意大利语。
② 普埃布拉（Puebla），墨西哥普埃布拉州的首府，位于墨西哥城以东。
③ 叶夫根·巴夫恰尔（Evgen Bavcar, 1946— ），盲艺术摄影家。出生于
  靠近威尼斯的一座斯洛文尼亚小城，12岁前因两起连续事故彻底变瞎。
  在欧洲声誉卓著，曾被柏林诗人瓦尔特·奥厄（Walter Aue）称为继涅
  普斯（Niepce）、福克斯·塔尔博特（Fox Talbot）、达盖尔（Daguerre）
  之后"摄影术的第四位发明家"。

平安居所 *

鸟嘴摩擦。
地图融进窗玻璃。
谁直接迈步进入猎物?
蛋糕们出生了吗?
谁阻止我拥有一蓬龙舌兰般的脑袋
和充满唾液的脉轮?
阻止我成为印度的模型?

那样拉贾、拉贾便会
看着我,好像我正在烧
我死去父亲的尸体
并看着噼啪作响的体液,
注视它们落下。
印度人能像吃面粉一样
吃你,甚至都不

碰到你。
他们不会像刻度一样进入灵魂。
他们的凝视像肉欲。
不是性的而是
莲花之肉身的。

---

* Mishkenot Sha'ananim,希伯来语平安居所之义。是耶路撒冷旧城城墙
  外建起的第一处犹太人聚居区,建在正对锡安山(Mount Zion)的
  一座山丘上。

拉贾、拉贾的祖父已是
芝加哥的一名教授。

婆罗门是水。中国人
是蝴蝶。没有中国人
为我描述他如何烧
他的父亲。中国人是
飞蛾，他们不交谈。
他们使我想起实验室里的书呆子，
绿色鸟。白人，

我可以剥他的皮，腐蚀他，捆绑他。
我可以用记忆塞满他，因而在他的
停尸床上，像一只可靠的钟，他会
大叫。可如果
婆罗门想象你的身体在火葬柴堆上
被火苗舔舐，他是想

成为朋友。
对于他，你是无限的
可能性。我正拉上我的天堂
帐篷的拉链。我是朵白色火焰，
影子透过亚麻布，但事实上
他沉重，贪食，像个新生的
佛陀，一个庞大固埃①。

_____

① 庞大固埃（Pantagruel），拉伯雷《巨人传》中的主人公。

行走

我的石头是肋骨。它们变平，它们
呼吸。他拿起我放进嘴里，为我
祈祷。主会遍流我周身。像糖
他会弄湿你的心，看着你，
轻擦你。像匹马，像匹种马。噢
我的甜巨人，我的心在你中。你是否听到
细湿毛发如何律动在大厅里？看：它咆哮
从唱诗班里，而你正舔着你螺栓上的嘴唇
在五金店中。我投你一张否决票。
我守卫着你。你被无声行走的
气味漂洗，当松树醒来。
你牵着狗在萨瓦河①上信步，
思索着，中立，自由。上帝肉身的尸体
倾倒进你的喉咙，你扫净它们。感谢你。

---

① 萨瓦河（Sava River），流经西部巴尔干半岛的一条河，在贝尔格莱
德汇入多瑙河，长度约940公里。

约翰内斯

谁打开了肥料堆的鼻子？调息①
在尾骨处。一堵小水泥墙为肥堆筑起，
在核桃树背后的紫丁香花丛下。

现在全被压路机推平了。在这小小墙上
我曾注视皮卡，在她的肺
衰竭之前。要不她就是死在火中

因为她块块崩落。也许她曾看见我
站在矮墙上，看着她散步之后
回到家中。她的肉身开始脱皮，她的脑

溢出，也许一条母狗吃下了它们。
总之她死了，在四五岁的年纪上，
因为我从那小矮墙上看见过她。

她大概比卡特卡小三个月，
下葬时极年轻。皮卡的
尸体使我困惑。我在浇水，用水桶，

---

① 调息（Pranajama），梵文，一种瑜伽修习的呼吸控制术。

浇橘子树。然后我拿奶油绕着
所有被压平的东西画了个圈。我正在制作
一个魔环，在测试它，尤其是

它四壁的渗透性。我加固
它时，弄宽它，使它更厉害，以穿透
被加强了的那个。当你刺穿

魔环，它弄出个洞在材料上
像子弹穿行过一只
八英寸厚的脚之脚底。一个灵魂

几乎没有机会再由外向内
观看。但如果你真的拼命试，
也许用克丘亚语①，一种被压

在一条红色或棕色坑道里让你带回家的
语言能去记忆。护身符枯竭。
水星给它水。它吹气、

咂嘴像火车头，
想要从铁轨上连根拔起自己。
它的末日，悬于树林，在

① 克丘亚语（Quechuan），一种南美洲原住民的语言。克丘亚语系分布
　在阿根廷、玻利维亚、巴西、智利、哥伦比亚、厄瓜多尔、秘鲁等地
　方，使用人口总计有1400万人。

树干间，在阴影中，在一座安静、
令人宽慰的波罗的海小树林里，苔藓上
博布罗夫斯基①曾在那里休息。

①　约翰内斯·博布罗夫斯基（Johannes Bobrowski，1917—1965），德语
　　抒情诗人、小说家、散文家，其作品深受他所熟悉的东欧自然风光和
　　德国、波罗的海、斯拉夫文化与语言的影响，并与古代神话相结合。

亲吻和平的眼睛

亲吻和平的眼睛，愿它沿树身泉涌
而下。阳光闪耀，不再如此令人难耐地
咆哮。灵魂再次期望感知它的
肋骨，它的汁液。冷寂对我有益。如果有风
吹，我行走、注目汽车，生命
将我带回它自身。在离别时
认不出任何人将是可怕的。
他们待得太远，触不到、
感知不到，在一片漆黑中我会握不住爱的
记忆。一层坚冰在熔岩之上成形。
有一天我也许又能够崩塌滑落。走
那尘土之路。脱掉外套，如果它
灰尘满布。有如此多的蜂蜜和天恩，
就这样。过多的赐福使一个人散架。

树

你给了我海洋吗？

星星的身体是小小乒乓球，

一个图腾，一只蜂巢，撞击，撞击。

你强固西西里①的路面。

从露台上注目它。

流浪者惊动你。

在那不勒斯②亦同：屏住呼吸，

估量，向风交出自己，

你所凝视的全部。

你对温暖岩石的回忆。

谁在流浪者中，无因地

打断你的凝视，振奋它？

只有爱呼唤，

不是风或百叶窗哗啦扇响。

你感到此间并无关联？

它屈身，吃它自己的充足，不流向任何地方。

没有通往奇迹的秘密通道。

当我不断地给你我的手，像糖，让你舔舐，

你饱足吗？

---

① 西西里（Sicily），意大利西西里岛。

② 那不勒斯（Naples），意大利南部历史名城，已有2500多年的历史。
今天仍是繁荣的地中海港口和商业城市。

只有无限总在饥饿，

并非饥渴将你食尽。

你发现一个领域。

你陷入。

被钉进墙中，和其他五个。

你们都是我的人质。

其他三个的自由在哪儿?

手镯被赠作礼物

在库埃纳瓦卡①的大广场上。

我测量你的尘土。

<hr />

① 库埃纳瓦卡，参阅《圣乔治在墨西哥》下注。

种林造园

小人国居民正给巨大的充血母鸡腿
浇水，带鸡距的腿立于我的胸膛上。
那儿将有人查点。缝好的伤口裂开。
箱盒静立。房顶翻旋像

风中的雨伞。发白和淡褐色的
液体淹没电路。一桶红酒
踞蹲桌上。米尺不懂得肉体。
鸡冠（四面体，胶状的，健康，不带

气体）发芽。你用懒汉造星星。
爬下来！潮湿滑腻。电池溢漏。
主在一朵湿地金盏花中。体制

不再是专制暴君的。人人从树上
落下像梨。我还不是操纵器。我的心
蹦跳如将死于恐惧的野兔之心。

喀斯特 *

我的爱四分五裂，我想你。
没系铃铛的小羊满地翻滚。
溪流分开群聚之物。孩子抱紧一条鱼。
他纯洁、困倦，他扔他的手指像扔鞭子。

他吊在你的背上，跳到你的掌中
下一步是肩膀，然后是头。
他粗糙的脚底板痛在我的额头。
有点儿。他拣选头发，他拔它。

楼上仍有堵墙，然后是铁丝网。
他靠在肘上。拇指抹去盐粒。
他爬。他咳嗽，他吐痰，他爬。
墙狭窄。没有中国的长城宽。

孩子晒日光浴。我用报纸和玻璃片
盖上他。怪诞地，我用一根发辫绑住他的腿
在膝盖以上。用一束剪下的头发。
下面的部分消失了。不太清楚

---

* 喀斯特（Karst），指克罗地亚和斯洛文尼亚境内的喀斯特高原，该地
  是典型的溶蚀、石灰岩地形。术语喀斯特地形指具有溶蚀力的水对可
  溶性岩石进行溶蚀等作用所形成的地表和地下形态的总称。

我用什么使头发坠弯。我把它
穿墙绑定？左膝弯曲，右膝
抽搐。太阳从一块玻璃上反射过来。
他们要卖掉土地吗？如果我们被冲走

水携我们向洞穴而去，
石头会不接受我们吗？皮肤，
衣服，会被撕烂？会被撕烂吗？
我们会随蒂马瓦河①一道涌进大海吗？

我们会翻转环绕着我们的地平线吗？你在哪儿？
在氮气的中心？在硫磺里？我觉得你闻来甜美
因为我给你放血。胡桃被置于火上，
它们像黄油燃烧。你是我的朗姆酒。我的干奶酪。

---

① 蒂马瓦河（Timava River），位于意大利的里雅斯特省。河流具有喀
斯特地貌特征。

归来

蛇的灰烬，玫瑰的灰烬，
偶像是雪一样白的报信使者。
在镀金的边缘他们溅起好似油中一蝇。
而创伤累积——它能够众鸟歌唱——
精灵唤醒他们，而非不行悲悼的**他**。

内心的吠叫，大教堂的眼睛。
我小小拖鞋上攀爬着的丝绸。
耶路撒冷自己在行进。
公牛并未走进犁中。

你有什么权力折磨大地的伤口？
硬币是银中
涌出的汗滴。
当颈后挂着只鞋底的
农民弯腰鞠躬，你是否
会以兄弟之吻的标志动作向他致意？

你是谁，父啊，我是河流的分支。
带着他的笔尖坚持待在教堂里的

孩子。在沙特尔①我是太阳。
雕刻的，时间之肉体凹痕。

紧贴在石头霉斑上的介壳，
他们的花床之甜香气味——最爱的——我
以盾徽，以平坦立面
擦拭哭墙。

雨逾越边界，
雨慷慨宏富。
花中的绒毛是个小小的环，只有
罪恶的黑暗时刻交还我苦咸的海。

---

① 沙特尔（chartres），法国中北部城市，城中的沙特尔大教堂是举世闻
  名的最经典的法国哥特式教堂建筑。

小小敬畏

我担心我们将不会再理解
山岭。它们的回暖将暧昧不明，
虽然它还会在雪中阳光下

闪耀。我担心推着雪球一路向下的
滑雪者不想知道地球
是被创造出来的。没有一根头发

不带着爱。每粒尘土，每毫米寸钉
都有自己爱的历史。更不必说它们
背上箱匣，已然夷平在处处

土地上，那里引擎在黑色橡胶带上
滑动。喷涌中变硬的泡沫站起，
为安全起见。农用拖拉机的黄色，你

正佩戴上另一把尾刷，还有俄罗斯人，
吉普赛人，和他们中的本地怪人，
正嗅闻大地，全副武装、技艺娴熟，

均在此地，像鸟和桦树林。你身上
会有大德意志垃圾堆上的斑斑点点。

你的职责在减少的鹳鸟，

清洁朝天犀和鳄鱼口腔的
淡水鱼上。我是安全的
只要我不闭上眼睛。然后只要

转换排挡，当行在慕尼黑的
高速路上，在将与命运同步的
路线上。当语言需要

氧气，它会停止
表演吗？它允许我们引领它向前像
一个胖神的祭品吗？像盖着黏土的

小袋子上的一块不断放大的玻璃，比如
一把多汁屠夫的切肉刀。我不知为何
叫它屠夫的切肉刀即便它只是

洗手槽。也许有花坛在
冰岛。也许有湿热难闻的空气，如果天热，
但天不热，正是五点的

清晨，雷克雅未克机场的四旬斋空气①，
如今的航线很早以前被从设计中的隧道里

———————————

① loft ledir，冰岛语，四旬斋空气。

拔除。什么将舞蹈给予电线?

这贪恋行军的是什么?当小凳子
打开,现在,冲过去,知道这意味着什么了。
你想坐下吗?你想去

花园吗?你在试你买的降价
皮凳吗?无论你在哪里挥动
你的爪子,它们都沾满蜂蜜和冰激凌。

鱼会因此而嫉妒吗?你是否看见
在表皮里终结的天堂如何再次闯入,
还编结进了世界的组织里,但它

到期①并再次剥落(上帝知道这是什么
意思),只有在最绚丽的吞咽中它被扰乱。
语言梳理一只小虫。剥落树叶,给牲畜

喂水,它走得比那些
引发冲突之地更远更深
也许它们只是把一顶安全帽焊到

另一顶上,而在巴比伦的那人杂色斑驳,精细
他们只是固执,他们不肯在蛇开口

---

① Utlop,挪威语或瑞典语,"呼气,出口,到期,终止,结束"等意。

说话之前收回它，因为没人

想到放只铃铛在它嘴里将它
控制。语言是爱、花朵和人类的
救主，是上帝自己的乐器。

大教堂之上的苍穹*

萨拉蒙，萨拉蒙，

无人被我们碾碎。

他用眼睛盯住布鲁图①。

他们中的六个变得灿若莲花。

在黄色建筑物和各类人物中。

没有一个巨人抱住沙特尔②的立柱？

他的手掌在玫瑰花窗与玫瑰花窗之间，

欧石楠在其掌中是柔软的紫罗兰，几近

深红。一簇花开，如麦秆织就的手袋。

放大，几乎三百

倍，感觉如同那日本人

吃掉他存在冰箱里的巴黎女士。

歌德和祈祷不歇的螳螂曾为此事。

蟋蟀和憔悴的甲虫，它们

幻影多变。

他等待。他已记不起

维索什尼克③。维索什尼克和他的矿工帽，紧靠

---

* 以上19首译自《龙涎香》（1995）。

① 当指晚期罗马共和国的政治家马尔库斯·尤尼乌斯·布鲁图（Marcus
　Junius Brutus，前85年—前42年），恺撒谋杀案的组织与参与者。

② 沙特尔，参阅《归来》下注。

③ 维索什尼克（Visočnik），位于波黑塞族共和国境内，现已无人居住的
　一个城镇。

船中海豹。船的内缘
结冰。在金属板上的帽子和
手套里。有水溅落船中。
那些来此的人，没有点燃炉火！
樱桃伴随久远年月落地。
上帝不舔舐种族。
毛毡帽由纸和永远的有机毛发
制成。和认为我的股份是
画出来的妈妈一道。我吃下那建筑。
在那道箍中我是肉的父亲。

儿童谋杀犯未嚼体膜

黑暗镜头测试。
我的黑暗上帝，停住。
耙子跟着人猿泰山的猎豹
游泳。小樱桃舔舌，滑落
发间像小小梳篦。
耶稣基督诞生在一个
还没有变硬的模子里。
我一小片一小片地吃掉你。
世界首先在废墟中，它们
碎落成肉体瓷土
然后变为触觉。
触觉是花朵的太阳。

我不能再想象这个，
但我知道它脱去它的衣衫和皮肤
并仿佛是从蛹中拔出它的第一条腿。
他碎落在一个必要的模子里，
或仅仅是张开了帆布盖，
那里模子尚未干透。

上帝

上帝沸腾，观察。
他用头走进蜂蜜。
他浸胡须于麦粥。
当他造山，它们电闪。

他钻他的刺。他有。
他洗他变硬的刷子。
他擦他的脸和眼，
所以世界安静，缄默。

他打开它的窗。
当他用窗玻璃制造噪声，
去污粉，玻璃，
我们知道它：印象深刻。

通俗艺术家

斋戒滋养饥饿之人。

一对白色鸳侣睡下。

他们从我身上拔羽毛。

塔特拉山①流转。

怪异乃一肩七包，

一些粘胶，一些带羽。

他们践踏我，拔了我身上

一个部位好一会儿，

好几厘米。

然后它光荣跳回并重生。

机车欢呼。

我的肋骨架是充血的天空。

褥垫冲进阵地。

你是大地宿客。

---

① 塔特拉山（Tatra Mountains），位于波兰和斯洛伐克之间的山系。

青金石的孩子*

像一个在乡下的穷孩子
挖采草药，我舞着
托钵僧旋舞。毒芹也和
石头一道放进狼的腹中。

从甘菊，花朵和
一位白色睡美人①中造出
这头森林里迷路的猪。
这是民主制度。

它有害，你的设计过于高级，上帝，它有害。
一个诗人说上帝如果它带韵脚。
确实，一根原木压坏
被判死刑的囚犯的脚。

最后的权利全无味道。
我们开始从记忆中知晓它们。
平滑的表面看见空无一人
一座火山人间蒸发。

---

*　以上4首译自《给我兄弟的书》(1997)。
① Sleeping Beauty，既有"睡美人"之意，又有"白花酢浆草"之意。

我不习惯它，中尉，我不习惯它！

你不知该怎样举止，应声鹦鹉。

眼下之圈的颜色不是银。

你内含棉花。

棉中有刺。

山岭之上球形图标用它们的滑雪板抓挠自己。

它们自己的嗓子！

它们自己的气管，自己的胃，自己的

声音，来自苏伊士运河的声音。

大坝矗立。

鱼群霸占荫凉。

促狭鬼！促狭鬼！

丢下他。把他们扔在这儿！ ①

保护伞们自高自大，它们再次张开。

你什么都吃，又中毒了，

赫鲁晓夫在窗下驶过。

你轰炸最爱，

它们爆裂似雌孔雀。

---

① *Occialin! Occialin! Mola lo, mola lo, butta lo qua!* 意大利语。

玻璃上有小水坑吗？
上帝有污点吗？

为什么他们不塞满那猎人？
为什么一鼠生自另一鼠？
小牛们一脚换到另一脚，
它们又跌倒了
一脚换到另一脚。

当尖叫声起，人人得学走路。
隔绝是我的。
玻璃是我的。

混合白与绿，快乐与干燥恶臭，
你会学到些什么。
你认为一个人会替学徒们补袜子吗？
不。他们锁起它们埋葬它们在抽屉里，
践踏它们，压迫它们，嚎叫。
那里，所有赤裸的人民颤抖在
他们可怜的睡衣里，感激涕零他们还活着，
杯中的露湿。

形式，别急，再次裂开

呼吸。抓住花园。在牛马集市没有
夹克铺开，跳起。火车取走车床。
山岭的颠簸醒来。吹笛人将其环绕。

细腿的人。小女孩们，躺在地上，
丝绸泻下。衣袖三次回转，
风仍向上旅行。石柱

自行圈住井泉。甲壳虫更换
叶片。骨头转身。只有沿身体的
胳膊镇定。停止像弄碎土块那样

弄碎玩具。所有打包的沙拉，廉价的塑料，
菠萝，帽子，都是联结点的小丘。
只要核心萌芽，群聚的便嘶嘶有声。

母亲认出孩子。水可饮。
苔藓是荒漠点心。惊慌失措的人
被击倒。休憩的光被洗掉。

他吃得过多，那个被推到边缘的人。
鳞甲张开像粒粒碎金。一枚桃子的汁中好莱坞

是一棵山胡桃。楔子是法律。舔舐

卡夫卡，直到他变得友善。他不会温暖自己。他
不会融化。他不会为历史承担
责任。用你自己梳理他。我有人造

神经，我用活着的血暖热它们。
糖罐上的软木塞吃糖过多将
一个春天与三种要素合为一体。孩子气，

天真，惊奇是教养的家。
那儿安德烈·梅德韦德①的凝视在攀爬，他的
活力和对新地方的记忆，改变我。

我赞赏这屏幕。一大群马，他
为自己像丝绸般吸收它。他是棵桑树。
一条幼虫，一块根茎，雪中最美的

闪光通道，这儿，梅多，给我你的
手。他溅起，他是条鱼，自由而
危险。暴风雨能用他的肩背摧毁

---

① 安德烈·梅德韦德（Andrej Medved, 1947— ），斯洛文尼亚诗人、
翻译家、编辑。诗集《许珀里翁》获得了普列舍仁奖（2003），《聚
合》获得了延科诗歌奖（2008），《释梦者》获得了维罗妮卡诗歌奖
（2010）。

湿壁画。粮仓永恒。熔岩冷酷。
一个计划，一只小球（半球），用软布
做成，插着别针——小小刺猬——

变成一处风景，*甜美的新风格*①。
在天堂我们都麻木茫然。在信仰的
边缘，则神志清醒。悔悟如

被一桶桶牛奶浇淋，但是
巨大的味蕾在大地之壳上
长成芜菁，先于空气站在那里。我们

是叙热②一族。即使你绕着从高处垂下的
长电线上的巨大铅块转圈行驶
以至于种族欢呼，并且你清除围墙之

圆满上的苔藓，首要的抱负——
更新上帝，仍未改变。削去他的皮，换掉他的
衣服，唤醒他，为傀儡设置新的

线绳。从口中发出命令，

---

① *dolce stil nuovo*，意大利语，"甜美的新风格"，指13—14世纪意大利
　　的重要文学运动，该运动受到西西里和托斯卡纳诗歌的影响，主题
　　是爱。
② 似指修道院院长叙热（Abbot Suger，1083—1151），法国宗教政治
　　家、历史学家，是有影响力的第一个哥特式建筑的支持者。

湖泊当泼洒它们自己至覆满
岩石。温和的母鹿在水晶之声的

泡沫里，马特尤什卡系着围裙
在镜中，为什么不，我们都以
人人为生。耶稣复活的幼嫩肉身。

语言 *

你是我的权能造就的宝石。我吃你
像吃冰块。你从我的肩头扯下胳膊
装载它们像装原木。你增大它们。
我被压垮。我的偶像碎裂。你是我的黏土，
我的语言，唾液在我握紧的拳头上。因此
我的血不会在你的种子里闷死，
你必切削我。看，我把我的拳头放进了
母牛嘴里，且将雏菊扔进河水深潭。你苍白，
潮湿，土灰，当我端详着湖岸
石墙。你知道从内部看你的肚子像
什么吗？它像是，当你用手背
像个孩子那样，抵住你的棉花舌头
搓擦。我想要你在爱中跪下，即使
你撞了一下头。我想要你晕倒。

---

* 以上3首译自《黑天鹅》（1997）。

菲多

菲多！我把你塞到马肺里去。
你在那儿吊着，漂着，像个小
水坑。我要让你的牙累，用

色彩鲜艳的，安详的消防龙头拉动
扳机，摧毁这土地。面粉
被藏在吱吱咯咯的雪中，而不在

印象里，印象羞怯，会
一夜成冰。大头针上的花蕾
会蹿得更高？爱人和姐妹

终会音声粗嘎，如我们曾言？你的心是一只敞开的
俗艳皮包。你的屁股撞上了桥墩柱。
你不会在屁股上弄个洞的。

彼时铁托正站在科佩尔①的海岸
当他们给海港施浸洗礼。
轮船以其船首踩踏大地。

---

① 科佩尔（Koper），位于斯洛文尼亚西南部与意大利的边境地区，是
　斯洛文尼亚唯一的商业港口。历史悠久，早在希腊化时代便已建城。

人人停步。我被震惊
在阳台上。我们的露台之下
铁托和赫鲁晓夫已驶过

我们曾挥手如潮。即便如此我仍生怕
他们殃及悬铃木果。司机们如何
总能成功驾驶，如他们所愿

始终粘在直线上
从不滚落道旁（很少，
很少），一分钟又一分钟，他们压紧

空气并推开它，没有谁
在座位里心烦意乱，与此同时，我的小朋友们，
雷蒙·鲁塞尔①的最后一次行动，最重要的一次

在巴勒莫②，会一直有效？当它与
大地的腰带（并未完全
盖上混凝土）在一起时，船撞上去的

腰带。铁托的手套甚至都未眨眨眼，

---

① 雷蒙·鲁塞尔（Raymond Roussel, 1877—1933），法国诗人、小说家、
戏剧家、音乐家，他的小说、诗歌和戏剧深刻影响了二十世纪法国文
学的某些流派，如超现实主义、潜在文学工场、新小说派等。
② 巴勒莫（Palermo），意大利西西里岛西北部城市，历史名城，天然良
港，八千年前即有人聚居。

我怀疑他命令随便哪个人被射中。
他冷冷的灰色眼睛能一夜之间给海岸

盖上水泥。意大利人的背部随后
平直了。新闻机构没有说
谁在大地上打了个洞。我也没说。

如果一头鲸撞上我并爆炸
（或进入邻近的海岸）我会假装
什么也没看见。我会禁止任何人哭喊。

太阳

太阳，刷亮我！你一动不动。
你的荣耀光束磨碎在我眼中，我使它们转身
由内而出。我变异它们。它们在我身上
造出8字形，雪橇，一个遥远的灯塔发光。
如果白色蜜尘越过你的眼睛，你看见点点闪亮。
当你铺展它，你只有一个预感。
圣布雷万莱潘①像块广告牌。只是它
平躺在沼地泥浆中。它没有在油绿里吱嘎，
只在已结成壳的雪上嘎吱，我们解开
自己。现在人人咕哝，烹煮，喷射，
冒泡。卢瓦尔河②在大地上翻滚起伏
像一头表皮粘在海岸上的兴奋
巨鲸。他们宽展它变成巨嘴，
海洋强行闯进。他们搜寻众鸟之骨。

---

① 圣布雷万莱潘（Saint-Brévin-les-Pins），法国西部属大西洋卢瓦尔省的一个海滨小镇。
② 卢瓦尔河（Loire），法国最长的河流。发源于塞文山脉，流程1020公里，先向北、西北，后向西注入比斯开湾。

南特*图书馆馆长

哦，如果我能同时攀爬于一部胡须
两处急流，以桨橹调控舟楫
如身在德国浪漫主义

画卷中。不，并不真实，我们不凝视，
我们以象牙画海象，小小
海象，迷失在冰山飞沫和雪白

可丽饼①中。长牙海象在水手身上
打洞。可那如何影响画面？
水手横尸冰面，

血仍在流。小小法国故事使哈佛
专家们欣喜若狂，他们将荣耀
带回给法国浪漫派，还指出

甚至所有的史基拉②图书都怎样被

日耳曼人吃下，而水手将往何处去？
现在，甚至不再活着，他会跛行离去？

他死得偶然。事实是，
不知为何他的死亡腐烂，尽管
冰围雪绕。所有鱼叉刺入的

这吱嘎声，但至于效果
也许，只有这一次，我宁愿像一头
温暖的母牛凝视纯粹的自然，因为

那里，至少情感①拔拽你的头发。

---

① *Empfindung*，德语。

推，停，继续

我梦见我造了一棵如此浓密的树，它将
使制造工艺暂停。上帝之眼穿越而来
落在头顶尖上。甚至最高的叶片

——温顺的种属比牡蛎更少受磨损。
三个诺曼底烟囱全都像干糖
折断——也要开始啜饮小神并

令他嫌恶。苏格兰人会展开他们的格呢褶裙，
那儿已达到的高度是马里乌什想要
去爬的。他告诉我们在亚马逊河沿岸

森林的上部地层仍有许多甲壳虫
他要用自己的名字来命名它们。我们已使
人人痛饮并醉卧白松之上。

白霜坼裂玻璃表面。
有朗读障碍的瑞典国王在仪式上
犯错。*我和国王进餐，可却在想你*①。但现在

———————————————

① *Je dîne avec le roi, mais je pense à toi.* 法语。

我们在巴西，那里雪巴人①建他们的帐篷。最年长者的
人类智慧之眼也在这里，吃意大利面？——母亲
和妻子们为他们简单做好，就像在克莱奥内②——

一个雪巴人擦亮我的炉灶。
准确地说，我一直渴望在去往希腊路上的
斯科普里③，买上一双闪光的行头鞋。我会坐下

吸烟，这里那里，我将到处擦亮
一只鞋。我信奉丝绸方格图案和贫穷④。
但是用亚马逊河沿岸的最高松树

我们刚开始造一张桌子，刚开始铺上
桌布，我们正捉甲壳虫放到小碗里
给它们洗澡。上帝之眼能够胶着于浓密

松林？事实是否是你首先造出树干的形，
用一堆堆木头撑起它的股骨——
它们没有燃烧，它们放弃，当你滑向

大海，饰着一捆醇悦香槟的丝带
在一艘船后随波荡漾，白色

---

① 雪巴人（Sherpa），散居在尼泊尔、中国、印度和不丹等国边境喜马
  拉雅山脉两侧的民族。
② 克莱奥内（Corleone），位于意大利西西里岛巴勒莫省的一个市镇。
③ 斯科普里（Skopje），马其顿共和国的首都。
④ Pauvreté，法语。

斑污点染两侧——那又能怎样？在圣纳泽尔 ①

甚至支石墓的巨石柱造得更坚固。
你为什么想混淆所有这些层面？
各个泊位的汇聚点？傻偏似的

管理员？而雪茄仍躺在那儿如果船长
想要吞云吐雾？哪里愤怒哪里就有表达 ②。但是
马里乌什怎么了，他已解开行囊？他

为他的荷包找到什么了？他已改正好我？
在下面，再低些，我们知道丛林像什么。
在漆黑中，兔子们前来饮水。亚瑟

展露他的躯干。快乐为谁
从他的鼻尖滴落到悬铃木下的
栖息者身上？这很好。杯当被饮，

螺旋桨当快速旋转，而最高
树杪上的第一片树叶看起来应当像秃顶
上的发。让万物微光闪烁。

---

① et après? 法语。圣纳泽尔（Saint-Nazaire），法国西部大西洋卢瓦尔
省的一个城镇，历史上属于布列塔尼。
② Où fumer où écrire. 法语。

天空的黄铜纪念碑

你是个哭得过多的孩子，使他自己
劳累过度。你使万物疲惫。使心灵
涓涓滴落。你像光一样生长，头生长。

你战斗得像只狮子。别允许自己
烧得过热。牙齿打战。能量水平下降，
光消退，北风怒吼，而黎明

仍在远方。这儿，他们发现了一根树干，
两千年老的树干，被掏空的树干。
然后他们砍下它。此后幸运的状况

淹没了它，空气以如此古怪的方式流布，
它不触碰它。赤身裸体的人，两千
年前，他从哪里跳进冰冷的水中？

他们没告诉我们他是划它还是推它离去的。
沼地浅平。即便如此芦苇
仍蓬勃丛生？碰巧旋涡坍塌，

溢落盘中。液体伤害更大仿佛它
在喇叭里。一度我艰苦想象水手们如何

将自己推离，这儿无物可抵

让你推自己离开。石头是人造的。
桥墩是后建的。你用你的脊背拖动荣光，
最后你会爆裂。如果不爆裂，你将腐烂。

如果没腐烂，你将停止呼吸。如果你不
停止呼吸，你的呼吸会走去
九山背后。我们将听不到你。将无人

看到你。将没有一个灵魂会试着和你去尝
酸奶。你会变成什么？如果你必得斗争，为你
穿着特制羔羊皮拖鞋的生命，在巨大的

空屋子里，外面的寒冷到处
渗入？如果灌木丛坚持不住了？
如果压根儿就没有水果？我消耗了万物。

失业的非洲人乞讨几个小法郎，他们都
哆嗦着手，让人有种感觉某人将会
穿透某物。他会跳出

他的皮肤因为它损伤过度。今天
手掌寄宿。我是咄咄逼人的
基督徒，视他为我能够为之

施肥的人。可怕的傲慢。基督徒
羸弱，他累了，彻头彻尾充满悲伤
和教化，驶过他窗下的

汽船也不再会对他有所帮助。
你知道些什么？你怎能说你将与他
一起做某事？你怎能想象

如果你给他留下印记改变他，他会快乐？
如果你，作为一阵剧烈的风，掀他个
头顶地，推他上坡向他解释

兰盖①是什么？兰盖只为他存在。
他的妈妈来自兰盖。格拉齐耶拉的
父母来自卡拉布里亚②和弗雷利③。他们

没谁真正懂意大利人。你给他们
兑水像兑一桶牛奶，你与他们
共舞，为他们拧紧电灯泡。

如果这是仪式会怎么样？如果这是

---

① 兰盖（Le Langhe），意大利北部皮埃蒙特大区的一个多山地区，以出
产红酒、奶酪、松露享有盛名。
② 卡拉布里亚（Calabria），意大利南部包括整个那不勒斯以南地形像
"足尖"的意大利半岛地区。
③ 弗雷利（Friuli），意大利东北部的一个大区。

悲惨之人的专属地，他们随后被
一个邻人践踏，那有着追星族的

疯狂眼睛的邻人？而你仍在向着
世界的终结行进。去看什么？去遇到
谁？去沉思十层楼上的小船，

去察看原产布列塔尼①的海鸥之胸部
尺寸恰如科佩尔②的？
难怪你燃烧如汽油，

击打意象之火，然后保持
倒伏。你认为你会在天堂醒来，
但你醒来精疲力竭，累得要死。

---

① Breton，法语，一般指"布列塔尼语"，"布列塔尼"常用的法语单词
　　是"Bretagne"。
② 科佩尔，参阅《菲多》下注。

整个生命*

整个生命，盼着找到一条穿过小镇的
人行道，它路过街角的房子，那儿一个巨人
正提着桶牛奶等着比平常激烈三十倍地

溅起你。藏好。这样你就能
陷在液体里，数你爬泳的
击水次数。于是你会在乳汁里

翻上两三个筋斗，然后游出。
这幻象是否来自码头上的*跳板*①，来自想要知道
谁能做最优雅跳水表演的愿望？为什么

它再度发生在冬天？在新罕布什尔州②，在从图书馆
到我的小屋的路上，虽然这之间
一座房子也没有。即便有的话，你也无法藏身其后。

或来自辛迪？因为我曾告诉她她很美？
最美的是她那双胞胎互食的

---

* 以上6首译自《海》（1999）。

① *trampolino on the moletto*，意大利语。

② 新罕布什尔州（New Hampshire），位于美国东北部的新英格兰地区，绰号"花岗岩州"，因本州盛产花岗岩，另外，也因为这个州有观念较为保守，政府非常节俭的传统。

录像带。双胞胎情绪激愤。菲利普，暴怒，

一直等了他的另一部分三个月，在沃洛什寇①，
在主人的床上，影子移行，
干净的床单铺展，薰衣草的芬芳溢散。

午饭后确有必要休息吗？竹子
生长。再一次，你在海里放松
只在下午五点以后晒

太阳，像钟表的滴答声。也许
如果我有世界上最美的公鸡②，你能证明
管所有这些不可能的闲事是合理的吗？

你难道没被什么蜇咬吗？太阳
以其风蚀抓阄。以羊皮纸
擦拭敞开的百叶窗。在哪里能平稳

行走？在哪里能为中国人创设宗教节日？
一些人在咖啡馆打牌。一些人从来不进。
一些人给仆人小费，一些人折磨他们，

他们肮脏的手指证实着常识③。

---

① 沃洛什寇（Volosko），位于克罗地亚西部城市奥帕蒂亚（Opatija）
的北部。
② E magari se avessi il piu bel cazzo del mondo，意大利语。
③ Hausverstand，德语。

如果到你从睡衣里爬走时，他们已
晕倒，那么如何知道什么能被允许？

也许两夜。不再多了。行走，在簌簌作响的树叶上。
*他们很穷*①。那儿，在夜的中央，
你可以怒奔在荆棘之上。我们

用草皮覆盖所有沟渠。如果帐篷支柱的孔眼
过宽我们用呼吸冷却它。一英里此地内
无半片油乎乎纸张。在哈罗兹②

我们照料孩子们，时光流逝。所以他们不会再翻滚
在树丛中。所以他们不会再逛荡
在田野里，健壮的农夫，因红酒飞翔。

---

① *Ils sont très pauvres.* 法语。
② 哈罗兹（Haloze），是斯洛文尼亚的一个地理次区域，在东北部的下施蒂利亚地区。

我确认

我确认去搬运石头合乎逻辑，飞翔合乎逻辑

用指甲刮擦男高音，把烟推进炉中合乎逻辑

我确认竹篮合乎逻辑，甜瓜合乎逻辑

我确认每个逻辑社会都吃面包

我确认雨燕合乎逻辑，医生和骑士

颓废的藤本植物作为藤本植物，狗的名字

火车旅行合乎逻辑，配件，古币收藏家之间的一堵墙

我确认用机关枪射进玩偶之嘴合乎逻辑

其视觉价值合乎逻辑，煤烟，

打不开降落伞的伞兵的姿势

我确认恐慌合乎逻辑，伍德斯托克音乐节，改宗者

逻辑是自杀，睡在被子上，大理石上，

把蝴蝶制成木乃伊合乎逻辑，大阪到东京的列车

成吨成吨的钢铁被扔，逻辑是数字三

我确认神秘主义合乎逻辑，点缀着美洲虎的花园

意大利人的起源，逻辑是俄罗斯大草原

我确认它合乎逻辑如果上帝用盐咸的大海漱口

像我们如果看到树就能够看到海滩上嬉戏的游泳者

收集谷物，劈碎木柴合乎逻辑

用光涂抹山岭合乎逻辑

打开青蛙的嘴，播种直升机合乎逻辑

逻辑是坚果滚动，羊皮枝形大吊灯

无翼鸟合乎逻辑，沙在示巴女王的鞋中，
逻辑缩写在古文字中，光照在健身房里
逻辑是基督的身体
警察能够不脱帽互致问候的逻辑
逻辑是流水深潭，是人在西伯利亚若被遗弃屋外就会冻死
逻辑的叶饰板，卷须
一个人如果肉体浸透汽油就会燃烧的逻辑
逻辑是带翼动物，在门口散发垃圾恶臭的匪徒
逻辑是圣母悼歌，晚祷颂，逻辑是众颜色
记忆术合乎逻辑，玻璃座钟
逻辑是田野，啤梨，人事部门收进煤气账单
逻辑是个过程，当牌戏者玩牌，栗子的烘烤
逻辑是拍手鼓掌，逻辑是木乃伊不能被踢
逻辑是耳朵，耳环，鸽子，曲奇饼
逻辑是印度将沉陷，我们将只能带着面具去看它
逻辑是可变焦距

美铁，纽约——蒙特利尔，1974年1月24日*

我先是哆嗦得像水上的小树枝，
因为"意外事件之链"。重新
思考是：我想至少像斯威登堡①一样

体系化。构架清楚吗？
我接受了它，即便我身体的各层
都还没有穿过成规之槽？

在天使们是审查制度和雾之后，迅疾地
——我在一道闪光中看见——
唯一的一块空地拖你去到中间。

他们迅速变苍白将自己结成团块。
我感到有形的臂膀，他们在我的腋窝下

——————————

* 美铁（Amtrak），美国国家铁路客运公司，简称美国国铁或美铁。蒙
特利尔（Montreal），加拿大第二大城市，城市始终保持了独特的法
国文化底蕴，被认为是北美的"浪漫之都"。

① 伊曼纽·斯维登堡（Emanuel Swedenborg, 1688—1772），瑞典科学
家、神秘主义者、哲学家和神学家。53岁前是杰出的科学家、实干
家、发明家、军事工程师等。此后获梦中启示，致力于神学，以期更
新宗教，成为著名的神秘主义者。其想象力和宗教思想发挥了巨大的
文学影响力，是许多作家如巴尔扎克、波德莱尔、布莱克、爱默生、
叶芝、斯特林堡等的灵感源泉。

轻柔地捉住我。空气嗡鸣。但并不是

仿佛坚固的肉身会穿透它，而是仿佛
某个人拖着我穿过牛奶。他们都在
期盼我，尽管我的有形存在

只能一点一点被注意到。先是老人，
然后是中年人，再是年轻人。
就像有人用可变电阻器拓宽了

他们的视域。他们中有些
让我明白他们曾是胡萝卜；他们的皮肤
被刮掉，已掉在地球上。另一些

真切地感到他们只得脑袋冲下
穿过瀑布。我很有兴趣知道
谁选择他们来此，可我的思想

渐息，他们停下了它，我无法说出它。
它停下就像一滴液体落进了水中，
涟漪散开。清晰的波纹，我跟着它们

旅行。一个紧实团块（在我头顶之上）
舔舐我，以凄婉和快乐淹没我。
一柱光束（一个圆锥体）从这块中涌出

撕碎我，沿地平线散发我，

虽然我也一样。我知道：
他们另有源头，更有力，

更平静的。我似乎注意到了连贯的衣服。
覆盖物（云层）在挺胸向前的飞行姿态里。
我不是行走在地面而是在某个

悬垂之物上，它看上去像冰或玻璃
（视觉上）虽然我感觉到了一切：
苔藓，镶木地板，草，沥青（绿色！）。

但我不是用眼睛而是用皮肤看到的，
仿佛是皮肤在看。同时我在阅读
俳句，有一会儿是I.G.普拉曼①的《乡村

之音》。我在火车上，看向
窗外，再读。我突然明白了一切。
语言同时是"清晰表达"和"沉默"，

它发生在微温的闪光中。意外事件是
腐殖质。仿佛许多乒乓球同时
从四面八方飞来，按摩你。

---

① I. G. 普拉曼（Plamen）是斯洛文尼亚作家、诗人、散文家、鸟类专家伊兹托克·盖斯特（Iztok Geister, 1945— ）的别名（plamen是斯洛文尼亚语"火焰"之意），和最初发表他的先锋诗歌时用的笔名。他与萨拉蒙同为1970年代斯洛文尼亚新先锋诗歌的代表人物。

涤净在金中*

达希尼人①耕田，犁地，说胡话
从屋顶撬起木瓦板。
肿块是个微分音。
当汽船驶过窗玻璃震颤。

以撒·鲁里亚②不喜欢食物。
他欣赏像头发和棒棒糖一样的
黑肉之重口味成分。
他闻着甜美、倒空的自己，抱紧它。
他在水下屈膝行礼，因为他正唱着歌。

婆罗门不断前来获取戳记。
小小雌兔们喝掉一层层水。
蟋蟀甚至有另外的桶
背在背上，他们给自己浇水。

有时，从一只笨蟋蟀身上，整个桶

---

* 以上3首译自《森林与圣杯》（2000）。
① 达希尼人（Dakhinis），说达希尼语的人。达希尼语是乌尔都语
（Urdu）中四种官方认可的方言之一。
② 以撒·鲁里亚（Isaac Luria, 1534—1572），16世纪喀巴拉主义者，他
通过"喀巴拉"革命了犹太神秘主义研究，被认为是当代喀巴拉之父。

会和海绵一道滚走。
海绵先在水里游着，
在水下的蟋蟀背上。

光和光互不接触。
它们之间是上帝的胃，全部挤压着。
他几乎不呼吸，碎片状待着，有时，极少数时候，
一只蝴蝶的翅膀逗挠他，触碰他
当他开始咬自己的茧。

摩西十诫先于口腹之欲后于摩西五书

你是英俊可敬的公牛。
你是洁白的死去山岭。
从一个团块中我们造出果实而后摈弃。
你是我的果汁。

*

在许多的门枢外。
在许多的门枢外，野猪的
眼珠掉落在地。
从哪来到哪去还有是什么。
在许多的门枢外。

*

斑马，公园和爸爸在血统的肿块中。

*

大象漆着苍白的风，
用银灰栗鼠抱着它。
抚摩玩偶的小脚爪，

想要两只癞蛤蟆。
为了让大象上两极，
每个都在另个上，
用跳累的蜘蛛白色的丝
把它们两个牢牢粘。

*

血似乎无法忍受。

在阿卜拉菲亚*的指爪中

为家园辩护①被水淹后，是我奴隶般的足迹？

这礁岩是谁，我的边缘，岩盖在我

头顶藏起天空。我走开？在变得稀薄的空气中

只留下大堆力必多的遗迹？可怕的喀巴拉信徒

阿卜拉菲亚，实际上集中于

嘴，甚至不是语言。"嘴，

嘴"他遗海量坏死物于玛莱②，离塞纳河三步，来自

海地的太阳。我被塞泽尔③惩罚？我们，诗人，

在一个特定年限期满后消失。在空气中，

在献祭于神中，在大混乱的职责中，

在家在沃迪斯的乔娜卡的欺诈④里。我们迷失

于森林，他们拆除我们的手。马

蹿出无檐帽不能平息其紧绷的客户。

我熄灭那源泉，欣悦熄灭掉那源泉。

---

* 阿卜拉菲亚（Abulafia），13世纪喀巴拉哲学家亚伯拉罕·阿卜拉菲亚。
他发明了一套通过反复移动组成圣名的字母而进行冥想的体系，认为
在完全的非逻辑状态中，能够释放语言中隐藏着的力量，从而揭示出
这些名字的神圣真义。

① pro domo sua, 拉丁语，古罗马雄辩家西赛罗的一篇雄辩演说的题名。

② 玛莱（Marais），法国巴黎的一个历史行政区，是传统的布尔乔亚区域。

③ 艾梅·塞泽尔（Aimé Césaire, 1913—2008），法国殖民地马提尼克出
生的黑人诗人、作家、政治家。

④ 1913年，一个可能叫"乔娜卡"（Johanca）的来自沃迪斯村庄的妇
女，声称目睹了一尊圣母玛利亚的雕像哭出了血泪，结果人们纷纷赶
来想目睹奇迹。最终一家报纸将此事当作欺诈揭露出来，"沃迪斯的
乔娜卡"一语在斯洛文尼亚很快就成了江湖骗子的代名词。

歌剧院

繁殖上帝眼睛的地方
在塑料袋里。繁殖上帝
眼睛的地方在永不缴械中。
为什么地衣覆盖我受伤的
脚踵？它被深深劈开，在伤
之牙被造之地。我用它嚼碎
松鼠——叛徒们。谋杀
阿尔多·莫罗[1]的人被白眼仅弹回
一点点。但不是在我们的土地上。我们的
土地已被撕碎。在歌剧
院，埃米尔·菲利普契奇[2]挨揍。尤雷·
德泰勒[3]痛打他。我开始
明白，当教皇将嘴唇贴向
阿恰[4]。我知道那有关于法蒂玛[5]。

---

[1] 阿尔多·莫罗（Aldo Moro, 1916—1978），意大利政治家，两任意大利总理。
1978年3月16日他被左翼极端恐怖组织红色旅绑架，并于55天后被杀害。

[2] 埃米尔·菲利普契奇（Emil Filipčič, 1951— ），斯洛文尼亚作家、剧作家、演员。他以
小说、短篇小说、戏剧作品知名。2011年凭长篇小说《问题》获得了普列舍仁奖。

[3] 尤雷·德泰勒（Jure Detela, 1951—1992），斯洛文尼亚诗人、作家、评论家。
在1995年他于身后获得了延科诗歌奖。

[4] 事关莫梅特·阿里·阿恰（Mehmet Ali Agca, 1958— ）1981年5月13日刺杀天
主教教皇保罗二世的事件。诗中所涉似指，1983年圣诞节前两天，教皇到监
狱探看阿恰。两人私下谈话片刻，对话内容至今没有公开。但教皇宣布他已
宽恕了阿恰。2010年1月18日，阿恰在服刑近30年后出狱，后有惊人言论，说
当初他执行行刺的命令来自梵蒂冈。

[5] 法蒂玛（Fatima），指法蒂玛圣母。在1917年5月到10月间的每月13号的同一时
辰，圣母玛利亚于葡萄牙小镇法蒂玛向三个牧童显圣，并向他们透露了三个秘密，留
下了让他们每日颂玫瑰经的训诫等讯息。教皇保罗二世遇刺的日子，正是法蒂玛圣
母第一次显圣时间的纪念日，教皇深信圣母在他被刺后挽救了他的生命。

上帝的牙床

让我们说长睫毛蚂蚁们
从一朵秋海棠里跳出来。睫毛们
不存在。也没有蚂蚁会跳

出秋海棠。唯一的开端是被压迫。
蚂蚁们永远由棕色山冈组成。
它们被切去下部，而你不知道

肠子，管子，高速路是如何——
他们多么自信地用它们，倾倒——
水花四溅进中轴线的后半段。在

每条道路人都能感受到上帝的牙
床。有时他们把工人注射
进混凝土。一个工人：他踉踉跄跄。

帽盔和帽盔下的身体
满是潮湿的鬃毛。有许多瓦斯棒
在大教堂里。折射的光被锤

进玻璃门窗。然后，有着亮堂堂身体的
拳手们，还没有，出现在场景中。鸡尾酒将

旋转。鸽子们跳上橱架。翅膀，

他们需要翅膀们打开。圣灵陷
进玄武岩。上帝的牙床不能藏起它。
你不能用唾液溶解彩虹。

提埃坡罗 *

我穿着我的黄卡其布裤子站着，
我的牙齿撕开时间的帘幕。

滚！滚！我用我张大的嘴嚷嚷，
尖叫，这一切为了一个目的，即，如果他们正好
放了只活鸡在我嘴里她不能打鸣。

羽毛在我嘴里生长。

我梦见了赫列布尼科夫①。他有着一只
属于黑暗动物的湿漉漉口鼻。
我没看见他。我震惊于他口鼻的
平滑，圆满和灰暗。

---

* Tiepolo，似指意大利著名画家乔凡尼·巴蒂斯塔·提埃坡罗。参阅《给
  麦特卡》下注。
① 赫列布尼科夫（Velimir Khlebnikov，1885—1922），俄国未来主义运
  动的核心人物，不过他的作品和影响远超出未来主义范围。他的同代
  人即称他为"诗人中的诗人"和特立独行的天才。他也是托马斯·萨
  拉蒙最欣赏的现代诗人之一。

亚伯拉罕·阿卜拉菲亚 *

你们搞密谋吗？
我落叶。
从大象上，烟蒂病倒。

有唱片在你的房子里，
没人会吃它们。

我的堂兄穿着宽大的丝绸衬衫。
当马用马蹄铁碰它时，
星光闪烁。

*

手乃雅典与罗马之手。

*

西班牙人不被干草架束缚。
那圈是冯·莫利在太阳中。

---

* 亚伯拉罕·阿卜拉菲亚（Abraham Abulafia，1240—1291年后），犹太教中的实践神秘主义学派"先知喀巴拉"派的创立者。历史上注重先知和幻象的迷狂式喀巴拉的杰出代表。另参《在阿卜拉菲亚的指爪中》下注。

*

鸟儿堵塞池塘。

音乐，音乐，音乐有淤伤。

在镜子里沼泽潮湿。

花束之上有只鼻子，没有花。

瓦达河①，平静无波，像一件件一尘不染的白夹克。

*

等高线突破字母到达领口。

轮廓线突破舰队到达脖颈。

轮廓，在湿漉漉的草上，安抚汇聚的人群。

小麦雇自己出山做帕夏②。

*

我的宝贝，

你好吗，我的鸽子？

*

山岭，被卷进独白里，撕裂肉块。

那些腿是黑色收成的阴影，没有胳膊。

脊骨笔直③？

---

① 瓦达河（Vardar river），主要流经马其顿王国和希腊的一条河。

② 帕夏（pasha），旧时奥斯曼帝国和北非高级文武官员的称号，通常置于姓名后。

③ Vertebralicarity，由"vertebra"（脊椎，椎骨）和"vertacality"（垂直度，垂直状态）合成的生造词。

赫拉克利特在我攥在拳头里的坚果中。

*

唱：
袋子，袋子，
夜啊，你在哪里离开我？
你在哪里收集的根根荣耀之棒，
那松节油开始散发其味？
唱！

*

两个人跳进他们的嘴里，
在扯平的网眼上，将要撕裂自己。
当山毛榉桅杆断裂。
一个错综复杂的重罪。
一只错综复杂的沉重圣杯。

*

天鹅绒的数量是天鹅绒般的瓷器。
阴性的钥匙，希伯来字母代码①。

---

① 希伯来字母代码（gemantry），是一种基于希伯来语和希伯来字母的数
  秘术（或称命理学）。将希伯来字母与数字相互替换，是喀巴拉派用
  来解经的方法之一。

在访洛杉矶途中给皮拉内西*

一根潮湿、巨大的球棒。起初我甚至没注意到它

在永恒之城上空。一条湿面包

在地面计划中，一个怪物，你已从天空

造了一只杯子。你想要展示你的纹理，你的

脉搏，你的肥胖，你的机器在发动机下

咔嗒作响的地方。皮肤从喷泉

奔涌而来，带着捕熊蜂的陷阱，

捉绵羊的地洞。一只羊起身去

吃草，而后消失，阿尔多·莫罗①消失。

在边缘，是的，但在你巨大帆布盖住的

范围内。地面计划有黑手党的气味，

河流充满墨水。在特拉斯提弗列②的圣天使堡③，

---

* 以上7首译自《自那儿》（2003）。似指18世纪意大利铜版画家、建筑师、艺术家乔瓦尼·巴蒂斯塔·皮拉内西（Giocanni Battista Piranesi，1720—1778）。

① 阿尔多·莫罗，参阅《歌剧院》下注。

② 特拉斯提弗列（Trastevere），罗马的第13区，位于台伯河西岸，梵蒂冈以南。

③ 圣天使堡（Sant Angelo），由罗马帝国皇帝哈德良于135至139年间兴建，作为自己及家人的墓堡，现为博物馆，公元6世纪教宗格列高利一世巡游此地，见到天使长米迦勒显像，城堡因而得名。

不同时代的小火车们。即使那时他们也
已经在出售妈妈，蘑菇，拖鞋，
直接从公寓里。你还记得

你是怎样率先对苹丘①动怒的吗？甚至
没注意到你还没造它。戈贝尔给你寄了条
围裙。在一个加利福尼亚小货摊，有

人造河，女船夫，螃蟹，扁盘，小玻璃杯
还有野狗，别忘了飞机们渴望的牛奶，
一个折叠的铝管。你把烟蒂扔

哪儿了？扔进你自己的溪水中，你的小
货摊下，镶木地板下的小溪？弗雷和他的剧院，
他的洪水，他的话语，有更强的魔力。他使用

双筒望远镜的方式，也有魔力。此外，当
演员们没开始游泳。我们立即开始
跳舞。林恩尖叫。弗雷德，卷起他的

袖子，不相信她。但主要是，随着我们的
一阵脚步，我们击落永恒之城上空
云的形状中那巨大的，长毛绒尸体。

---

① 苹丘（Monte Pincio），意大利罗马市区的一座山丘，位于奎利尔诺
山北缘，可以俯瞰战神广场。

太阳们

你夹进爱里的东西已付了款。

整整一油轮的鱼鳞和卷心菜向前行进。

世上的全部鱼鳞也不能满足

一艘300,000吨级的油轮。

来自树中的氦已空。

面粉是唯一的出发点。

你用什么东西给赋格曲抹水泥?

在嘴里，鼻孔里，耳朵里，难道你不爆炸?

鸽子在飞行中穿上蓝色。

衣服之白受到伤害。

我也会脱下你的皮肤吗?

它在哪里撕裂?

什么在摇篮和山谷中?

你的妹妹们在何处?

我能够把自己没有痛苦地钉进永恒吗?

你的笔架在哪儿?

小凳子，它受伤了吗?

谁铆住了鸟儿们尖叫的耳朵?

躺下，小雌鹿!

在宁静和海鸟的叫声中休息。

雪中，有温暖。

我的声音在哪儿?

你没有痛苦地回到你的客厅。

一切各在其位。

花瓶。皮革。玫瑰。

三只苍蝇

三只苍蝇——太阳叫醒它们
在雪白、敞亮的墙上——跳荡得像
覆在花束上的，女孩的
手。它们使我想起
投刀人的手，在空中
和五一起玩。有数量限制吗？
抓住，别想。压住
我。我还会像水一样逃离你。我会
像冰压抑你，如果你内火咻咻燃烧。
看那白墙上的影子。
三棵树有新的
雪松嫩枝。从立体的
角度。如果你更近地，从水槽
喷嘴，去看。

警告斯芬克斯

白色，白色夜晚，青草为我燃烧。
我摇摆在白色生石灰和白色生石灰
之间的角里。
我的爱人害怕他将不再是个年轻人。

*

灵魂在驳船上。
手在浅表地面。

*

有着黄色小爪子的小人会
弄湿白色立块和我粘进
头发里的羽毛。

*

肚子，白色后腿。
父亲，肉体边缘。
睡在袋子上的胳膊变成蓝色
石头。

*

预留下的，

沿着前头的狭小部分移动，
我发现从冰川上撕下来的一块土地。
我把绿找回给帕罗斯岛①。

*

你会来吗，可怕的家伙？
我为你准备了蜜酒和地球之渣的破衣。
我们需要沉陷黄色船只。
来吧。

*

在披灰天鹅绒的约伯身上吐口水。

*

穿过五角星形的窗户
可爱的小男孩前进。
他的手指已挖进天空，
好像被蜂蜜粘住了。

*

举起帽子！
你也举，**最大参与，蔚蓝的**
掠夺者。

---

① 帕罗斯岛（Paros），爱琴海中部的一座希腊岛屿，欧洲最受欢迎的旅
游胜地之一，盛产精美的白色大理石。

*

我是圆木。
我是桥。
我是你的血肉之骨。
因此你为那脸作证。

我如何感受玛丽皇后？*

维蕾娜①击中保尔康斯基②的嘴，

代代③也闭上了它。蛇

沿着技术上下游动。

一条鱼欺骗大海。大海

下跌。钱夹们是群狐狸，

狐狸们躺在停尸间。无论哪个没

新鞋的都可加入。小小小不点的小

是小不点。一束金羊毛

是金羊毛一束。岁月流逝，山脉

胶着。不光滑的它们。一座房子，一根牙签，

一辆坦克？一种篷布和为一种篷布建的基地。

扣一顶睡鼠帽在你头上，和头前。现在

作为一架靠在墙上的梯子：许多腿（身体）

许多靴子（身体）一只攀爬的女高跟鞋（身体）。

---

* 　以上4首译自《和阿尔基洛科斯穿越基克拉迪群岛》（2004）。

① 　维蕾娜（Verena），似指圣维蕾娜，3世纪时生于埃及，曾随亲戚圣维克多（Saint Victor）待在罗马治下的底比斯军团里，并做护士，在军团的圣莫维斯（Saint Maurice）、圣维克多等人壮烈牺牲后，她离开军团做了一名隐修士，并显圣迹。后被科普特正教会和罗马公教会封圣。

② 　保尔康斯基（Bolkonski），似指托尔斯泰名著《战争与和平》中的主人公。

③ 　代代（dai dai），似指一种亚洲"苦橙"。也是一个以橘子造型为图标的苹果公司的智能应用软件。

墨镜

我的被叫用户号码不是只钱包。

我的心属于爸爸。

一棵桃金娘树和眼睛：我接球失误。

连根拔起布努埃尔的眼：一座喷泉。你的

脖颈长得更长了。深处，水

冰冷。萨拉在井里游泳。

她穿着婚礼服。

湿得像蝴蝶。她保存完好。

她死了，已有三十年。

我始终拒绝那些

写食品书的人。我们不得不行进

许多公里路过荷兰

画作。我采集它们。

我打开大地。在深渊之上

嗅闻它们，淹死它们。

给斯威特利奇 *

在同样的气氛里铁托唱：

独木舟，独木舟
你为什么要划，
谁是你仍要在雪中揉搓的人，
谁是你真正需要的人？

斯威特利奇已经急冲而来，
否则不可能撤出
波兰。

这家伙信任他的嗓子和裤子。
蝴蝶们是采牡蛎人。
小鸭子们的鳍上有小皮革。

小东西们上可怕的白，
你感觉到了吗：你给——我给？

---

* 似指马尔钦·斯威特利奇（Marcin Świetlicki, 1961— ），波兰诗人、
作家、音乐家。曾在克拉科夫著名的雅盖隆大学学习波兰文学。他也
是演员，并组建了萤火虫乐队（波兰语的"萤火虫"［Świetliki］和他
的姓氏极像）。他的诗歌获得过多种奖项，包括1996年的科斯切斯基
奖（Kościelski Award）。

如果你弄大大黄蜂们的眼睛，

大黄蜂集体自杀。

它们，荒谬的家伙们，嘤嘤嗡嗡像团伙帮派。

诗篇*

我在哪里？
我的绞架竖在哪里？
为什么我有颗粒斑斑的眼睛？
城市将追随你。

鳄鱼把我的身体塞进它的嘴巴。
它制造的什么感觉被留下，没有
悲伤，在这些人造的火焰当中？
我呕吐因为我没有更多的

悲伤。我没
　　　　　　剩下什么。我没有
爱抚你的小身体，麦特卡。
你很遥远而语言很近。
它从兽群中拔出我，吃我。

它滚过我像带着他的驴子们的汉尼拔①，
我已经过分强调了他的大象，

---

* 以上3首译自《太阳战车》（2005）。

① 汉尼拔·巴卡（Hannibal Barca，前247—前183年），迦太基名将，人类历史上最重要的军事战略家之一。

我希望他也有驴子。
我的诗不再可信，
已很长时间。

它在纯粹的光辉中腐烂。

蜜和霍洛芬尼*

我发明了一个机器，只要金翅雀一打开
它的喉咙，里面的水泥垃圾袋就启动。谁舔的糖果
进了水泥中，我们不知道。其后谁将水泥

带进了生命，我们不知道。金翅雀启航。金翅雀
歌唱。你在哪儿，欧根尼杰斯？疾驰而过，用你的指甲
挖开一个洞。你，轮廓的痛，我，

火车的痛。琳达·比尔德斯驾车自
塔特拉斯①而来。鹰使鸟成熟。我的裤子闻起来像
汽油。你看见了池塘？你看见了池塘？你看见了

天使之肘吗？它引领我到那些排列
如维京海盗的悬崖峭壁。斑蝶刮擦眼睛。
伊卜拉欣，德拉戈，米克拉夫茨都是了不起的家伙。

---

* 霍洛芬尼（Holofernes），《圣经》次经《犹滴传》中的人物，亚述军
队主帅。亚述大军侵入巴勒斯坦时，攻陷了很多城市。逼近犹太人的
伯图里亚城时，城中寡妇犹滴主动带女仆出城，用美色诱惑霍洛芬
尼，在一次其酒醉之后，将其头颅砍下逃回城中。犹滴的故事是历史
上第一个有文字记载的"美人计"。

① Tatras，指塔特拉山地区，这一山脉形成了斯洛伐克和波兰的天然边
境线。

碘酒沸煮一只鸟的头。它死在烂泥中。我
咽下面包。你在内部的黑暗中看到了什么
得以赢取它？一个分枝为

两个枝叉和一个弯曲、包银的
手杖头？一箱箱蜂蜜被空投
而来，是一枝枝鹿角

提供的？毕达哥拉斯是赃物。不论冬夏
一只猫舔着他的耳朵。大头针指引着
圣人们的血涌。石头蚀朽

在浅滩上。我把迪兰①的脑袋从桌上推开。
这团块是座陆连岛。还有
盘中那只鸽。珍珠母。灰脑袋。

① 迪兰·阿德巴约（Diran Adebayo），尼日利亚作家。诗中涉及的人名多
  为和诗人一起待在圣玛达莱娜基金会所（Santa Maddalena Foundation）
  时的作家、艺术家。

我们建车库，读《读者文摘》*

急速的鸵鸟。急速的鸵鸟。急速的沙。急速的沙。
急速的石灰。急速的草。神圣阿依达的白汁液，
忘记带它使它干涸。那人

被羊踩踏（在下面），格里沙和贝亚特丽斯
（在上面）交谈。他们应该认得彼此在
一张毯，一只盒，一件夹克，一张图里，在苔藓中被

踏脏。从天空的这个角度
不允许有照片。尸体被裹缠如
禾捆。除去脚印。擦拭你的眼睛。

停止偷偷摸摸。霰弹缠作一团。
我以生活去探访。
在此我只是嬉闹，触抵地毯

用黄色肩臂。我不知道一词为何物。
喊出"蛾子"！当你在白色毛巾上眼见
一只蝎子？阿莱曼！不同在哪里？

---

* 理解该诗请参阅书前代序论文中的相关阐述。

隆美尔正亲吻天堂精美的手，但是
从他在撒哈拉上空的飞机上，我叔叔
拉夫科·佩尔荷科仍在将他击成碎片。

在贝亚特丽斯·蒙蒂·德拉柯尔特·冯·雷佐里男爵夫人处

一幅蚀刻画，美丽的白色蚀刻画，你无人，
无身体。要是我们开始振翅，或旋转如螺旋桨
会怎样，我们邀请青蛙和李子和水手的耳环

于是空气不会变薄，或我们要去的地方不会变瘦。会有
行动吗？闪电耀亮？幻影现身？落地的
树，只不过是金属线快速缠绕一只球？弗兰克！

我吃你，那么久之后，让我们说，普里莫斯的
调解和约翰说的关于栽下木桩的地方。
约翰没那么说，那些是我的话，

约翰愿意来斯洛文尼亚，但我们在
花苞，流苏，青草，山毛榉树叶里，而我几乎能把马克西米利安·
多尔纳夯进山毛榉树干，看他多

苍白，你不知道你喝了多少酒吗，麦特卡说，
她总是会露面，拯救我，自我拥有她我就心平气和了，
我有一个家，再没什么能将我吹散，我们会死去，无疑，

但我们所有人都会死，那是最美好的部分，当然何时是其时，
不是现在，嘿，隐喻统统离去，隐喻是

失事船只的船首，一个骄傲的部位，弗莱明斯的

宣传，他们确实崭露头角了，可我们在哪儿，我仍在
转我的螺旋桨，呼唤缪斯，
很明显，因为夜里我起来又打字

（存入磁盘）记下彼得和我干了些什么。踱步
于室像只鹰，低语，你在赶来吗？你来吗？
我是只野兽，把他从塔尼娅那里抓来，

塔尼娅听鲁夫斯的，我也热爱他，那次当我
开车载乔舒亚去卢卡①，我们一直在听他说，我
想我们正离开地面，至少那是我如何感受它的，

现在我在此，贝亚特丽斯，愤怒于
和那三流教授一道，浪费了数小时又数小时
一个真正填塞过度的名声，几乎没听说过

格里沙②。贝亚特丽斯是她那一代中最美的
女人，而如果我一直在那时的米兰闲逛，然后
忘记塔季扬娜，忘记尼娜，甚至莫妮卡·维蒂，

甚至她枯竭，紧紧抓住安东尼奥尼，

① 卢卡（Lucca），位于意大利中北部利古里亚海附近，是托斯卡纳大区
中的卢卡省首府。
② 格里沙（Grischa），贝亚特里斯已故的丈夫，即男爵先生。

嘿，这儿没有隐喻，尤雷①会很高兴，
不，他不会，这对他来说会太无聊，我们被留在

我们在的地方，我们继续，我们有一个美好的生活，
我们有一个。当我刮胡子时我看见一只蜘蛛，
清晨，悲伤，②我必须成功发表，

这样就有什么东西可以留给人们如果他们
今天回想起我。怎么做，有天赋的人们不断问我，
怎么做？嘿，贝亚特丽斯正在沐浴，我能听见水花飞溅。

---

① 指尤雷·德泰勒，参阅《歌剧院》下注。
② Le matin, le chagrin, 法语。

法老和国王，卡塞尔＊，巴黎

我们有可爱的姑娘，我们精于迪斯科，
安德罗和我。双双消失。我们从喀斯特
山区滑下，驱车向海。你还记得
卡比里亚①吗？裙子很长，人民
惊诧。你把那空间推到一边。但是在
巴黎，在你的青年②双年展上，我走进
黑夜。好极了，年轻人从快乐里哭喊，
你游着，听他们哭诉。罗伯特
在圣器收藏室里成了同性恋，当他被
某个长毛男上了。我是那神圣造物的备忘录。
有多少人点数？点数那些仁厚待他的
灵魂。托马斯·布雷奇说，你在做
什么，看起来如此振奋，我们都疲惫
困顿。没错。然后我应当站在安德列兹身旁，
修剪他的翅膀。兄弟俩不能睡在一块儿。

＊ 卡塞尔（Kassel），德国黑森州北部城市。
① 卡比里亚（Cabiria），似指意大利著名导演费里尼于1957年拍摄的电影《卡比里亚之夜》里的女主人公。
② des jeunes，法语。

滑冰人

我不知道，某些十七色将
淹没我，十七个乐高积木石灰块，射击，
只是听，你会看见烟，你没看见烟，

烟在你脑袋里（古典的陶土）
我的潘纳科塔晚餐甜点产生了影响，我的意思是
你没看见烟，我们一直在这儿，我想

提一提猎人们，为了他们射击（圣经），
他们射击（圣经）在这里确实能被听到
即使是现在，我打字时，真的有很多射击，它们

不断发出爆裂声，毁灭文艺复兴图画（设计①）中的
高尚生灵，而当我们，我的（不稳定的）我
走出去，分裂成数个协助狩猎者，

我们中的一些追随祖父，然后他把它
全浪费了（勃鲁盖尔），可那时我不知道他，
我知道什么，佩斯尼察河②上的洛奇耶，森特维德③，

---

① disegno，意大利语。
② 佩斯尼察河（Pesnica），流经斯洛文尼亚下施蒂利亚地区的河流，在奥尔莫日附近汇入多瑙河的支流德拉瓦河。
③ 洛奇耶（Ločje）、森特维德（Šentvid），斯洛文尼亚施蒂利亚地区的两座村庄。

什恰弗尼察河①，那台地撑起一头公牛，
而你如何不被允许吃哪怕一粒
葡萄，如果它没被配上一杯水。

所有那些鱼塘去了哪里，它们被淹
为建发电厂，棚屋，绕人民公园游泳的
野鸭，所有那些神职人员在自由之桌上

用餐（他们拿回了一切，*双倍的*②），
而我哪儿也没去，也没在哪里滑倒，只有那
石灰把它养大。贡杜拉呆在

冰面上，围巾翻飞，当我们，嗖，嗖，
在结冰的林扎河③上玩耍。在索夫勒桌上的
野鸡冬天里不会被射杀。绝不会。

①　什恰弗尼察河（Ščavnica），流经斯洛文尼亚下施蒂利亚地区的河流，
　　在小城拉兹克里热耶汇入德拉瓦河的支流穆尔河。
②　*doppio*，意大利语。
③　林扎河（Rinza），流经斯洛文尼亚南部城镇科切维（Kočevje）的河流。

洗净的盘子，黑了的屏幕

什么偶像？哪位里加斯？哪颗恒星①？哪种丛生的树？
什么时候语言的洞穴会思考哪里
是北方？什么时候它会还回小小手套？
蒸发时发生了什么，过热之前呢？
用台牵引机我们能分开什么？用射击
箭就会进入目标？我们能够重造
十八米高的绅士并展示他的骨架
在奥黑尔机场②？块块血肉
由我们，羁旅者来添加。记忆来自
芦苇丛。小手袋永不腐烂。湖泊
抵靠胸口。雕像般水獭群集
在生出之前。好了。我的脚踵在沙中，但我看得到。
它始自大力水手③和愤怒的橄榄油。
波斯波利斯④已被迪斯尼乐园打扫干净。

---

① *stelle*，意大利语。
② 奥黑尔机场（O'Hare Airport），美国伊利诺伊州芝加哥市的主要机场。
③ Popeye，或音译作"卜派"，动画片中人物，一位大力水手。
④ 波斯波利斯（Persepolis），曾是波斯帝国首都。遗址在今伊朗境内的
　　设拉子东北51公里处的"善心山"下，城市在公元前331年被征服者
　　亚历山大大帝焚毁。

塔，策兰 *

一个球一幅海景画，无人的博格利亚斯科①，寥寥几人②。
利卡煮饭。迪兰独自吃鸡肉。啊啊啊，再次
漂浮，我可不在乎下面是否有海藻。

我在深穴③啐唾沫，在深海啐唾沫。我已啃穿
技术问题。它可以帮助已故的兄弟，既然
他们是朋友，我在那个关键点上扔下他，完全不再

用他，他从他的纳粹讲坛上唬住了所有卡卡尼亚④
除了那时你不能说，
我差点没逃脱那陷阱，可

我的确羡慕我死去的兄弟，什么能将他从塞纳河
救起？肉？迪兰不吃任何一顿无肉的
饭餐，他受不了沙拉。他触碰自己。不像在

---

* La Torre，西班牙语、意大利语中的"塔"。保罗·策兰（Paul Celan，
   1920—1970），犹太裔，二战后最主要的德语诗人之一。曾获不莱梅文
   学奖、毕希纳奖等。
① 博格利亚斯科（Bogliasco），意大利热那亚省的一处村庄，旅游胜地。
② il gruppetto. 意大利语，"少量""少数"。
③ l'abîme，法语。
④ 卡卡尼亚（Kakania），用以指称哈布斯堡统治阶层的精神状态、官僚
   政治和高度层级化之状况的专有名词。

费里尼①的影片中，胖牧师自告解室中
发问，碰你了吗？碰你了吗男孩？碰
你了吗？②迪兰绕着桌转圈，抓挠

他的球，不过那使我们很开心，爱丽丝受溺爱。
郁金香飘动在多塞特③和土耳其。
安娜被植物吸引。意大利的植物园

全关门了，因为艺术吞噬了
自然。取走它所有的钱没留一个子儿付
供暖费用。自从利卡上次付账已有两月，

我弄倒了我的调制解调器。我们全都瘫痪了。
一连三天斯特凡诺高呼救命，全无
救援。阿尔贝蒂娜在米兰。她如此动人那就是为什么

当她离开时我跳起来吻她却
缠在了绳堆里。马尔科说他正从利雅得给我们打
电话，他受不了那些阿拉伯人。我们知道他正从米兰

打来电话，而且他想买贝亚特丽斯在罗德岛的

---

① 费德里柯·费里尼（Federico Fellini，1920—1993），意大利著名电影
　导演、演员、作家。电影风格独特，混合梦境与巴洛克艺术影像。
② *ti tocchi? ti tocchi ragazzo? ti tocchi?* 意大利语。
③ 多塞特（Dorset），英国英格兰西南部多塞特郡，在英伦海峡北岸。

房子。特里在浴缸里发现了黑的、白的、红的
小虫子。迪兰怕蛇。他的爸爸会把他打成烂泥

如果发现他在该呆在牛津学校的时候呆在了
伦敦。迪兰是我的地平线上的最大明星，
自从佩吕走了没再邀请我出去看星星后。

赛壬

我花开满肩。

我把整个儿一匹马扔进越橘。

精神错乱。一棵松美。一只腿鼠抓挠板条。

他死去并踏步在寻常小船的甲板上。

他弄散板条。他解开带子。沐腿于日光浴。

他注视日光浴溅落的光斑。

像条在羽化前抛弃了自己身体的蠕虫。

他把它扔到了哪里？他在哪里撕开它。

像条弄出污渍的蠕虫，他咬、他听铙钹。

尾巴为那而生？

海豚们来了？驾着浪头？

他们造出一场潮湿？

最后一次，平展的，趋于九十度

在说再见之前他在雪中挥手。

时刻

当枝形大烛台开始失其光辉，
他们抢夺鸡肉。想到下一个冬季
我们都冻住。今冬是个结。

今冬是个荒唐节瘤。今冬看着
它居于恶棍身内的危险。明冬是个
加利西亚①家伙。明冬的落后者们

仍要瞠目结舌，如果皮纸文书损毁，
他就会得不到定量配给的肉。危险。
蜜是悬在雅各头顶的带骨肉。他跛行。

职业军人们被歹徒袭击，
不由碎面包的数量来决定。进入
血缺氧。进入窒息。她也采摘它，

安妮·玛丽·阿尔比亚克②。什么是纯粹的起源
它闻来何味？旗帜说过什么
当脑袋穿它而出？塞利姆③

---

① 加利西亚人（Galician），加利西亚是位于西班牙西北部的一个行政区域。
② 安妮·玛丽·阿尔比亚克（Anne Marie Albiach, 1937—），法国当代诗人、
　　翻译家。
③ 塞利姆（Selim），史上有塞利姆一世和塞利姆二世，分别是奥斯曼帝
　　国1512—1520年的苏丹和1566—1574年的苏丹。此处不知指的是哪位
　　塞利姆。

展开地毯察看。一只水貂。你
行走在缀于袖管和袖扣的
黑钻之上。树的手是雾。

它弄弯、打开水。严霜
疼痛。火车在水下推动它，
当它自行去到水下。

朱鹭长伸其腿在柴堆中。果核
在钟声里，钟声在果肉
拍打它们翅膀的地方，他们藏起，他们建帐篷

蔽身。我居弧弯中带传导性。
我是完全导体。这是乌切洛[①]，
这些是马匹，这些是马的屁股，从

这些小球上颠簸弹起，他没有睡着。
当光开始嘶鸣，当闪电
开始变甜，当离去者打开他们的

花朵，植物的大地开始滴水，
金灰再度来临。蟋蟀，穆夫提[②]，他们都

[①] 似指保罗·乌切洛（Paolo Uccello，1397—1475），意大利画家，以其
艺术透视之开创性而闻名。他因所绘飞禽精致而得名"飞鸟"，"乌
切洛"即意大利语飞鸟之意。
[②] 穆夫提（mufti），伊斯兰教法典说明官。

走上了唱片，而我，你，我们都是石头的

第一道边，也是林中井泉的。翻滚在空中，朝着
黑暗，猪和海豚的教父到来。猪和海豚的教父？
我的妈妈是个裁缝，她总是忘记

她的打样卡纸。秋分是株山楂树。砖块是蚂蚁，
士兵们踏步在彼此的肩膀上。成人士兵
在外过夜。他们和女友睡。

成人士兵喝烈酒，拍关于他们伤愈结痂的
电影。看他们如何把自己粘到砖头上。
我的骨膜粘住

恩维尔·霍查①，铁托的兄弟。我们矿工用
腿的方式不同于变形虫。
折扇不会枯死。琴托波韦里的奥斯泰里亚②餐厅中的

日本女孩执它在手。
我们都吃蘑菇炖鸭。你走到边上
大叫：肝炎！肝炎！她过来，

---

① 恩维尔·霍查（Enver Hodja, 1908—1985），阿尔巴尼亚社会主义人
　民共和国领导人。
② 琴托波韦里的奥斯泰里亚（Osteria ai Centopoveri），意大利弗罗伦萨
　的一家餐厅名。

想着她将得到粮食，而你
把她推到一边像推卡比里亚①。冬天
沸腾。蛋白石的裂隙紧随。羡慕，羡慕，

麦哲伦，有小小鹅腿的痕迹在你的
箭囊里。索菲亚大教堂②吃下一扇百叶窗。蒲公英
应被称为羊齿草。撕下橡皮膏要用可怕的

努力。你曾将一座岛屿撕离大海吗？真正
听到水的喧闹声飞进空无中？
你曾用自己的手掌保护过一阵小小雾霭吗？

条条伸长的腿如一只庭院中的孔雀了无生气。
苏丹将它们赐作礼物，作为后宫泳池中
郁金香花头的摹本。

---

① 卡比里亚，参阅《法老和国王，卡塞尔，巴黎》下注。
② 圣索菲亚大教堂（Hagia Sophia），位于今土耳其伊斯坦布尔的著名
　宗教建筑，拜占庭式建筑典范。

绅士是易于紊乱的小块

我软下来的和我没软下来的
我刺入奥格里泽克身体的东西，他们说
他有条吃骨头的狗。我温暖我自己，

靠近衣柜，关掉浴室的
灯。昨天我骑马后汗腾如
马。哦厩肥的气味，哦艾娃·罗佳尔斯卡博士

已故姐姐的鞭策，*上帝*有点儿
紊乱 ①，克丽丝汀告诉我，因为过去她一直被
告知要说那些给我听，而不是

为迎接客人得体地准备好仆人。
仆人们必须有个计划。如果他们忘了历史
那可就免不了它了。他们不得不

准备好从最难以预料的地方到来的打击。
马萨乔②在教堂中心画了只

---

① Pan jest troszeczkę nieporządnym，波兰语。
② 似指意大利画家马萨乔（Masaccio，1401—1428），艺术革命家，开
创了现实主义和人文主义精神相结合的文艺复兴时代画风，他自由运
用透视法来处理三度空间关系的绘画技法成为西欧美术发展的基础。

红色小猪，而这是我告诉他的：我会付钱

给一切除了你的娼妓们，这会使她气不顺，而我
不喜欢任何东西让她心烦，要么就是我告诉
安德列兹的。去，鞴好马鞍。在塞纳河他们会

教你骑到至少对你来说非常好了
再谈论它。你已经沉默得够久。
从你的陀思妥耶夫斯基之笼里出来。齐泽克①逃跑了。只有

亚尼·拉斯波特尼克跟着我。齐泽克藏在一个
拐角处，我清楚地记得。他们曾恰好
在我们的房子下面打了那些洞，拉夫尼拉尔②想要博洛尼亚③，

机器们在我的床下咔哒咔哒声响渐消，他们把
诺瓦克夫人④迁出，而齐泽克藏在
现在米老鼠待着的墙后不让我发现。还有，他不能准确地卷他的

---

① 指斯拉沃伊·齐泽克（Slavoj Žižek，1949— ），斯洛文尼亚著名哲
学家、社会学家、文化批判家，是目前欧美最知名的后拉康心理分析
学学者之一。
② 似指建筑家爱德华·拉夫尼拉尔（Edvard Ravnikar，1907—1993），斯
洛文尼亚新一代建筑师的领袖人物，以发展斯洛文尼亚建筑界的基础
设施和组织建筑大赛知名。并以其作品两获普列舍仁类（1961，1978）。
③ 博洛尼亚（Bologna），意大利的发达城市之一，拥有欧洲现存最古老
的大学博洛尼亚大学。
④ 诺瓦克夫人（Mrs. Novak），似为一教学机构名称。

r音①，但是亚尼能够。我们坚持认为是
法兰西文化中心的主管在与我们做交易，而不是
与所谓的法兰西文化

权益。你认为你们正好在哪儿打开了你们的
中心，我们告诉他。然后离开。事实证明
齐泽克更狡猾。他直接击中他们的

心，并逢迎米尔纳，那懦夫
迫使他的人生道路走在党派路线上直到
斯拉沃伊消灭了他。不时地他还在啐我，

但越来越少。安德罗已不再骑马。*上帝*
有点儿紊乱，刚好和扬科②简单地认为的那点儿紊乱一样多
（我得上到一个屋檐下的台阶上，因为正在

下雨，扬科带着他闪光的脸问道：你在那儿的
那些台阶上干什么——他深信我已经
疯了，那样他就能找到些解脱——嘿，扬科，天正在

下雨）而舒米，把我转得像个螺旋桨
被宠坏的捣蛋鬼！——当然，那些不是他用的词——
年轻人，一年又一年我是斯泰勒的办事员，毕竟

---

① *il n'a pas bien roulé ses r*，法语。
② 似指扬科·普伦克（Janko Prunk, 1942— ），斯洛文尼亚当代史历
　史学家，也是一位活跃的政治人物。

我正在给你主管地位。什么茹潘契奇①？伊西多尔·
灿卡尔②！哦，不，我说，甚至茹潘契奇也如此。
他亲过一两次屁股，但是你愤怒

仅仅是因为你自己亲过某个屁股。*谁
在乎*③！风帽和童帽中的人群飞出
对他唱响小夜曲，于是我像个孩子站在

他的棺材面前，在我的心之眼中再次合上他的眼，拉下
眼睑像拉下一对百叶窗，这只是公平。他也是个
聪明人。他了解他的孙子而有一天我

也会一样④，他想要保护他。得了吧。
我要在此引爆你的乱伦，所以现在
他的，别人的和我的慈爱雪花会飘降向你。

---

① 参阅《给耳聋的人》下注。
② 伊西多尔·灿卡尔（Izidor Cankar，1886—1958），斯洛文尼亚作家、艺术史家、外交官、政论家、翻译家、自由保守主义政治家。20世纪上半叶最重要的斯洛文尼亚艺术史家之一。
③ *Chi se ne frega!* 意大利语。
④ *al pari*，意大利语。

玛莱 *

我梦见马提尼克岛①被水追随。

嘴②，嘴，安德烈③不断重复着，当

安德列兹和我住在新新④。我追逐他

因为他的名字如此相近？我告诉他

我如何忍受桑戈尔⑤，船从天堂漂出，

落在奥赫里德湖上像小飞蝇，我们

和侄子、侄孙女、保镖一块儿跳舞，

所有在此的人使自己撤离在那儿上演的行动剧。他的地方事物

将我引诱进一座修道院。奥库贾瓦穿着黑

鞋。我是甜蜜的我党精英，甜过你的

嘴。棕榈酒店在塞内加尔飞翔。教士们穿着法衣。

有一回，当我从圣保罗地铁站往回走，

在色摩力克后面，此前我在乔治酒馆畅饮，我搭上

这家伙的车，他先前就在嘴，嘴的词里捉住过我。

---

* 玛莱，参阅《在阿卜拉菲亚的指爪中》下注。

① 马提尼克岛（Martinique），位于加勒比海，是法国的一个海外省。

② La bouche，法语"嘴"。

③ 安德烈，似指法国诗人、超现实主义者安德烈·布勒东（Adnré Breton，1896—1966）。

④ 新新（Sing Sing），距纽约市50英里处，位于威斯特彻斯特县奥西宁市哈德逊河岸，是纽约州最大的治安监狱。

⑤ L.S.桑戈尔（L.S.Senghor，1906—2001），塞内加尔总统、诗人，他在政治上是一个主张"非洲社会主义"的温和派。著有诗集多种，1990年出版有《诗全集》。1984年，当选为法兰西学院院士。

林佐斯 *

三十个警察立块投阴影于一处开头。
教学大纲：纳斯卡线条①。烧
那一岁蛇的丘疹（瓣膜）之墙
在线条内部。伊卡路斯藏其羽毛
于无花果下。我被拔起在篮中。
小小毛驴都很实际。他们睡于
瓷器，覆以棉被。天堂是个卷轴，
关于嘴的庭园计划。什么托着
烟囱们，烟起自腹部？谁是那
面包师的外缘？夏季的一条冷黏土
适宜于我。他国的一位宝石匠
以直线雕水。镜子们乃众洁净
甲虫腿之防护。一位希腊神祇有镰刀
置于其绞车。现在舟楫拖行何其缓慢。

---

* 林佐斯（Lindos），城市名，约始建于公元前1000年，位于爱琴海东
  南部的希腊罗德岛上，旅游度假胜地。
① 纳斯卡线条（Nazca Lines），位于秘鲁南部纳斯卡沙漠上的巨大地面
  图形，学者们一般认为巨画是纳斯卡文明于公元400到650年间创造
  的，百余幅图案用简单的线条复杂排列而成。只有从天空俯视，线条
  才能被看出图形，因此一直以来，学者们对建造者的能力和行动方式
  多所猜测。

白色土豆泥，黑色杂草*

格雷戈尔告诉我们你们正在忙的事。

在那些白点的白粉笔灰里有藏起的幽默。
人们问我是如何使眼皮
沉没的。很简单：皮肤，

拍击一只海豚，有时将亚美尼亚置于火上。
迪兰清楚地知道。土豆泥有用，土豆泥是个
步行者，不是对他，他是个黑人，对他那是

杂草。马尔科又来电话了。他
真的有意买林佐斯，而我想起
胡安（他的岳母，精神科医生，

和拉康一起受训的，受挫因为
在那不勒斯没有真正的顾客），他真的结账走了
当他想到纳斯卡线条。他们大多

离开去采蘑菇了，剩下我一个人。
我正乘着昨天的杂草，甚至还有迪兰的

---

* 以上13首译自《蓝塔》（2007）。

打字声。他在塔里。他把一切都

倒进他的电脑。但是我，如果我的身体没在
劈柴，我就会懒洋洋的。我的眼角膜被火炬
吃掉，身着宽袍的矮人们从层层地质印痕里

滚出来。它嗡嗡哼唱，而如果有谁真正考虑过如何
造所房子，那就是胡安。在匹兹堡他们也想
让我待一个学期。利利亚娜·乌尔苏①想让我

为她写序。"我很走红，在
吉隆坡。"颇知名，在
新加坡。只有在雅加达

弥足珍贵，不过他们很激动。在雅加达
人们没多少钱不得不
借我的书。我仍留着那本刊物，

安德烈，你在飞往亚洲的飞机上
给我的。都打包带走了。我没在编造什么
也没撒谎。没夸张。除了

当我羡慕马尔科的船时。
它没希望了。吃光了那么多汽油。

----

① 利利亚娜·乌尔苏（Liliana Ursu, 1949— ），罗马尼亚诗人，已出版
8本以上母语诗集、3本英语诗集。

难怪你没能把它卖给

任何一个人除了赔本卖给了
一个沙特王子，没准就是那个
在希腊诸岛上勾搭我的家伙。

他亲自设计并且追踪它。你
像条猎狗一样追踪发明。而我们
无处不伤悲。我其实一直在追逐

阿尔基洛科斯①。**格莱斯顿**②**是头
猪。我只喜欢迪斯雷利**③，
我清楚地听到。就像波格雷利奇④

从李斯特那里得到一切，经由活着的人，
所以现在我能从英语王冠中
深饮吗。那具有战略

---

① 阿尔基洛科斯（Archilochus），活跃于公元前650年左右的希腊诗人，
　住在爱琴海基克拉迪群岛的帕罗斯岛上。阿尔基洛科斯的诗被认为是
　史上第一个以个人经历和情感为题材的诗。
② 似指威·尤·格莱斯顿（W. E. Gladstone, 1809—1898），英国政治家，
　曾作为自由党人四次任英国首相。
③ 似指本·迪斯雷利（B. Disraeli, 1804—1881），英国保守党政治家，两
　任英国首相，亦是文学人物。
④ 伊沃·波格雷利奇（Ivo Pogorelić, 1958—　），克罗地亚钢琴家，
　1976年师从格鲁吉亚钢琴家阿莉扎·凯泽拉扎，受教于李斯特-西洛提
　学派传统。后与之结婚。

意义。马尔科·卡诺尼。查看一下它。
哦你的眼睛，维多利亚女王。哦你的
白羽毛。不过年轻的小不点儿们

也这么干。他们居于稠密、微小、
新鲜之上。我居于罕有、可怖和
疯狂之上。但是没卖掉。没卖掉。

我在与普里莫兹的预言作战，那预言说
我镀着金死去，我只是在游戏。
戴击中我的头。戴被捉时有话要说。

在罗马木匠们自肩头撒播尘土

为何你广袤辽阔、辉光闪烁
如豹？哪里有你的飞翔？

哪里是你的故土？
哪里有你的狗之吠叫？

可塑的，一年，一张皮肤，我臂膀的颜色。
在维亚雷焦①我衣振如翼扬。

踏上盐场，我自另一个
漫长旅途而来。你

躬弯似火柴。瀑布
着火，无数白牙将你冲走。

我会像只猴子爬行于
玻璃窗外却以一注岩浆返回？

我会在你的牙床上擦亮你的盔形花冠？我会厌烦你
并将偏爱给予他物。救你自己吧。

———————————

① 维亚雷焦（Viareggio），位于意大利托斯卡纳大区北部的一个城市，既是一个海滨度假胜地，也是一个制造业中心。

意合

某个人钉紧我像钉只蚂蚁，像个
跛腿人靠在"帮诺"书店①的

墙板上，欢天喜地地摇晃。风暴
怒吼，旋转。它们长着

鲸鱼般的鳍，它们要毁了我的生活。
鲸鱼们要毁了我的生活。

我乐于给它那些我经历过的。
我乐于给它那些我正经历的。

太阳回来了，我以为它出走了。
我以为我弄丢了它。我真高兴。

风暴未曾止息。我像一朵
花，得到一滴水就会跳起。

万物都未减速。像猫一样我们
被扔进上帝怀抱的盒子里。②

———————————

① 帮诺书店（Barnes & Noble），美国最大的图书连锁店。
② 似暗示著名量子力学实验"薛定谔的猫"。

努恩哈姆角*

我爱慕你，我流淌，到你的
趾尖。我要吃了，杀了你。

我看见绿色的窗。我使飞蛾
成铁。我为生命

复活墓地。你的话语，带着雪。
在瀑布中。看，眼睛是

圣歌。你是凝结的
雕塑。然后，

在湖中，我能游蝶泳
并创下纪录。

你用风绕着我。你用风
绕着你。雨也在落下，

而我看着太阳。即使
阳光耀眼我仍看着太阳。

* Ehm，努恩哈姆角（Cape Newenham）的缩写。位于美国阿拉斯加
  州南端，临白令海。

合铸

给我你的眼，在我眼前停住。
黑夜里它不可思议。你煮沸

我的肺。内中液体黢黑，
你像三十万波斯人

朝着一棵枯树进军。你
混我于水银，锁我以铁链，再度熔冶，

锁牢我。刀柄忏悔。一场
暴风雨。绿色盐酸

浇下千万只蚂蚁。
我没有篡改。刹那间树枝

燃烧。我熄灭了吗？我不再存在吗？我看见了
你的花园。潮湿的树叶先是像厩肥

冒烟，然后移开。独眼巨人之眼
看着。真的。我不管不顾。不再存在。

今夜过后[*]

在盛着圆石的扁盘前，
你说红柱涌现，盐

移动。那红色火焰碎裂如果我
推搡。这是石头祭仪。

为你，为你，水，
镜像间的水。你是新的

年轻君王。混乱的。尚未知晓
你已弄湿了宇宙。通过付税

你逐渐学会。亚内兹·贝尔尼克
说安德列兹：打碎他的美，

他的陷阱就是他的美。那些马，马车，
围巾照料它。那是哈德斯

给还他的。美平心静气地
消耗他。丝绸墙壁取走呼吸。

---

* 以上5首译自《季节》（2010）。

译后记

　　漫长痛苦的近400天（上班之余）翻译过程结束后，我找了个时间，通本阅读了修订完之后的所有译诗。渐渐地，我的痛苦感稀薄开来，甚至在某个临界时刻突然兴奋起来，全部情感转为了庆幸：这是一场多么幸运的翻译活动（何谓幸运，以下再谈）！现在我的愉悦在于当我纯然以一个读者的眼光一首一首地读下去，完全感到自己是在读"诗"，读那些我译时忐忑、生怕因诗句的繁复技巧、因眼花缭乱而陷落其中失去了主要情境把握的较长诗篇时（一旦失去这个把握，它们译出来就难免像胡说八道了，尤其是译实验传统的诗人），它们竟一首首在我眼前豁然开朗地坚固自在着，闪烁着"诗"的自信：此时，即使一个读者面对它可能仍感到不甚解其意，但终究会发现其气韵可感、气势可见、气脉可通、气场可传导。看来，一个译诗人要想最终获得自信（但仍只是有限的，翻译中到处有陷阱，文化积淀知识结构生存情境体察造艺方法把握等的要求都会使译者时时感到气馁……当然这有点是"从内部看没有人不是失败者"这个层次来看问题），三遍的翻译是必要的，会写诗或者至少有好诗判断力的译者也是必要的，因为只有译得不明不白、有气无力的诗，而没有优秀诗人会写不明不白、有气无力、虚张声势的东西；如果有，那就是诗人不优秀。至于说到读者解不解其意，其实总体说来，萨拉蒙的诗了解些相关的知识背景就并不难懂，只要是多少开发过一些诗歌理解力的头脑来读（未经开发的读者不是诗歌读者）。不过这个理解力的开发有个先决条件，他受开发的得是对"现代诗歌"的理解力。理解"现代诗歌"和前此诗歌的角度有着巨大的差异，理解前此诗歌，读者想知道"诗人告诉了我们什么？他如何将自己的经验传达给我们？"理解"现代诗歌"则要理解"诗人创造了什么？他是怎样创造的？"（苏珊·朗格语）而当你真正理解了一个诗人是"怎样创造"的，你的感知系统就被改变了，就由被动的接受变为了主动的接受，阅读的过程也就变成了再创造出文本的过程。当然，对于相对完整地理解一个现代诗人，还必须了解他的创造谱系——能量激发方式、精神根源、知识脉络、风格属性等等。

　　美国桂冠诗人罗伯特·哈斯在较早时候（1988）为另一桂冠诗人查尔斯·西密克编译的一本萨拉蒙诗选写译介导读时，划定其代际归属：与俄罗斯诗人布罗斯基、波兰诗人扎加耶夫斯基同属新一代东欧诗人，即晚于波兰诗人赫贝特、捷克诗人赫鲁伯、南斯拉夫诗人波帕的一代。在艺术谱系方面，萨拉蒙属于欧洲实验艺术破碎性、视像性传统，属于兰波、洛特雷阿蒙、德国表现主义者、法国超现实主义者、俄国未来主义者的家族，在这一传统中，诗歌是对至高现实惊鸿一瞥的工具，对他们来说，所有的艺术最终都是那个更大幻象散落的碎片。这些正是出现在萨拉蒙诗中的折衷主义、即兴创作意味、超现实主义者名录、纽约派式的快速记录当下、分裂和游戏意识的渊源。哈斯在萨拉蒙创作中期所概括的这些创作谱系、诗作症候一直贯彻在萨拉蒙从初始到晚近的所有创作中。引用一首他早期名作可以让我们直观地看到这些渊源在他身上是如何具体合成的：

托马斯·萨拉蒙是头怪兽。/托马斯·萨拉蒙是掠过天空的星体。/他在曙光中躺下，在暮色里游泳；/人民和我，我们都吃惊地看着他，/我们祝愿他运行良好，也许他是颗彗星。/也许他是来自诸神的惩罚，/世界的界石。也许他是宇宙中的一块肥肉/……/也许应该把他夹在/玻璃中，拿走他的照片。/他应当泡在甲醛里，这样孩子们/就能够看着他，像他们看胎儿/变形虫，和美人鱼。/……/但是在卢布尔雅那人民说：看！/这是托马斯·萨拉蒙，他和妻子/马鲁什卡去商店买牛奶。/他会喝它，这就是历史。

《历史》

　　一首充满游戏意识的自我丰产神话诗篇，满眼恢弘视像，情感的抒发仿佛是尖声鸣叫出来的，自由主义化的比喻，插话式的细节，各种无结论和矛盾对立，琐碎无聊和历史性细节的并置，歪曲的并行关系，行与行之间逻辑的不可捉摸……这种种另类的文学手法创造的喜剧和反讽的广阔诗歌似乎想将世界和它所有的矛盾对立都一并吸纳进去。

　　萨拉蒙在早期给人留下的"快乐"形象太过强烈，以至于扎加耶夫斯基新近还写了一首《如果我是托马斯·萨拉蒙》（见《无形之手》集），"托马斯生来被赋予两种想象力，/斯洛文尼亚的和墨西哥的，他以一种/令人心跳停止的迅速捉弄它们，//而我是一名永远的学习速记的学生，/努力想要理解死亡如何进入房子/如何离开，又返回"，他还说道，如果他是萨拉蒙，他也会一直快乐。"迅速""捉弄"算是旁敲侧击地勾勒了一下萨拉蒙的目标——"写具有写作的自由的诗歌"之狂放愉悦的方面。但即便萨拉蒙喜剧和反讽的诗歌也有着根本上的严肃性——视像创造的艺术责任感：创造映现着那个更大幻象的散碎镜像，也即扎氏眼中"斯洛文尼亚和墨西哥之想象力"的产物。这是萨拉蒙严肃性的基调特质。而"写"的自由对萨拉蒙来说，同时意味着严肃执著地专注于语言的一切内在可能性：大量使用双关语、旧词新意、词汇和句法上的扭曲、反转等种种暴行几乎将斯洛文尼亚语由里向外地翻了个个儿。这一类的诗作因过度依赖于原文的语言要素而变得几乎不可译，因而也较少被译入英文，萨拉蒙近期最常合作的一位年轻英译者米歇尔·T·泰伦相对多些地处理了此类诗歌，使我也得以在汉译中能多少有所涉及。

　　我在选择翻译《萨拉蒙诗选》的诗作时，相对淡化了些他的喜剧色彩，更多选择了精神性诉求更强，情绪基调更偏于"忧郁"（有些甚至颇为激愤，这在我看来，是比"快乐"更为能产的萨拉蒙诗歌发源地），活力充沛到创造出了真正的神话而非反讽的自我丰产神话（这总是多少有依赖性而非最具原创性完满自足质地的）的作品。当诗人放弃自己或者幻化自己于宇宙视像中时，我们都可以认为它必具"快乐"品质，因为它接续了"创世感"，属于"创造"之"至乐"的范围——几乎是一种接近神性的"元快乐"。《红色花朵》《读：爱》《鹿》这一类萨拉蒙得到最多翻译的作品皆属此类。但是如此高蹈，偷听得到创世之音的时刻是天赐的一瞬，可能是写了数千首诗而获得的仅有几次馈赠。"元快乐"之下的"快乐"通常产出的还是此类寻常物事"……我们正在旅行，源涌出/大笑，随着一条满是老虎的河摇摆着/向南流去，生机勃勃的诞生"（《尤卡坦》），典型的墨西哥想象力的现实使用。那么相比于《再次，道路沉默》这样写出了"道路沉默，安宁静黑"的醇美抒情诗，一个虽也现实，但必是诗人们边写边等才能等到的写"诗"时刻来临时写出的诗，它们进入人心的方式和进到的位置是不可同日而语的。中欧的"忧郁"里迸发出的坦然、透明，仿佛瞬息进入了具缥缈感的神圣中，这是人在旅途中，人在记忆里，人在忽临的感怀时交出自己的时刻，于是神圣不是空泛的空间，而是在瞬息神清气爽的灵视者眼中、记忆中的一切物事在时间中焕发的光辉——也即"诗"的光辉本身。而用《兔子》《乌龟》PK一下《历史》，就会看到活力的链锁怎样在《兔子》中都被诗篇浑身上下的力扭断了，或者力量已像嗑了药似的脱缰不管不顾，喷发至诗人已不可控的程度，越界而出，兔子本身跳脱成了一个神，兔子和乌龟就是一对无目的、但有盲目力量的创世神祇，一个是毁灭之神，一个是救主。而《历史》中的神并不是"萨拉蒙"，而是游戏和反讽，是意识而非形象。

进入中期以后，萨拉蒙诗作中精神主义和神秘主义色彩显著增强，如他自己曾在访谈中数次谈道："诗歌是精神发展的平行过程。在宗教中，你被训练得不再畏惧。在喀巴拉或托钵僧狂舞中，你受到训练如何与一个世界共处，前提是只要你还能够忍受它。"其实，萨拉蒙诗歌中基本的精神态度、常涉宗教典故神秘主义者的做法、更有甚者"更新宗教"的目标都是始终如一，几十年一贯制的。在1976年的诗集中就出现过这样的诗句："我乞求这世界的/主人们温和些。/为什么我//不得不居于这个/厌弃/精神生活的世界？//……接受这诉状/和诉苦吧//它来自所有我们这些/外籍劳工。"（《"我乞求……"》）这是一种典型的与世界"疏离"的诺斯替主义者的态度，视精神生活为本源的人们在这个世界中感到自己如"外籍劳工"，时刻等待着另一个世界突然从这个世界裂开召唤你，或总在期待着用仿佛来自另一个世界的声音说话的诗人们，就此看来，也可以说天生都是诺斯替主义者。1985年诗集中的《青金石》一诗是个奇异文本，诗人创造的形象之流变不息，或者说万物是如何穿透诗人而流转的，其中真正有炼金术变形的秘密，有梦境法则的秘密。我们几乎可以在图解的意义上看到何谓"诗歌是精神发展的平行过程"，其中诺斯替信徒的灵修实践和诗人的工作方式平行对应交织一体互换互生，最终经由爱欲原则——这抒情诗的最高原则，"大地，众多面孔，众多爱/穿过我的生命，一一变为青金石。"尤其当我第一次译出诗中类似这样的诗句"穆罕默德缺席。这就是为什么有洞//在地球的腹部。肉身的团块/被精神充满……"时，一种深层意识被触的恍惚/恍然感掠过我，我深深地被其中的关联能力所震撼。由"缺席"指向"地球之洞"，是一个"能指"撞向另一个具相类形式感的"能指"的宇宙活动（真正的宇宙是不用意识来活动的，而诗人，越是能够直接对岩石、空气、火、树木这些不折不扣的物质施以语言作用力，就越是接近了宇宙的灵性），因而在这"联系"中生成的"所指"之无边、之深广是难以穷尽的，是"解释"拼命奔跑也追不上形象的，它就是本质意义上的"艺术形象"，属于这世界中只能以"艺术形象"来呈现、语言无力捕捉的部分，语言中只有诗歌这种艺术语言形式才能有效处理它（比较起来，广大中国诗人们已经如此习惯地拿诗歌语言来记录生活，是对这种语言多大程度的降格使用啊）。这是所有造梦大师般的伟大艺术家们追求的真正艺术形象。而诗人，一定程度上就是以形象制造有力关联的人。博尔赫斯曾说斯维登堡"是一位比其他人复杂得多的神秘论者，其他的神秘论者只告诉我们，他们有过销魂的经验，甚至试图以文学形式传达出来。斯维登堡是第一位到过另一世界的实地考察者，对这位实地考察者，我们应该认真对待"。在萨拉蒙以《红色花朵》《鹿》《青金石》《美铁，纽约——蒙特利尔》为代表的这一类具神秘体验的诗歌中，也达到了"实地考察"而非仅仅感叹"销魂"的境地。萨拉蒙其他一些程度没有这么深入的、尚未见真如的诗，也至少是做出了种种的仪式，进行了力量召唤，做出了如何去进行实地考察的努力。

大量的炼金术士般重组感知觉系统的诗歌活动对诗人来说，不仅仅是为流变而流变的精神操练以获得神秘体验、神启，而是体现在正统宗教已不能够对人类精神生活施以压倒性影响的现代社会里，艺术家们欲"以艺术代替宗教"的雄心。1980年诗集中《圆圈和圆圈的辩论》最后，诗人写道："成为上帝是第一课。//现在你理解诗题了吗？//它是暂定的。/真题是/谋杀。"谋杀是为了扫清道路，为把"上帝肉身的尸体/倾倒进你的喉咙，你扫净它们"。（《行走》）1997年的诗集中，诗人依然重申"……首要的抱负——/更新上帝，仍未改变。……"（《形式，别急，再次裂开》）似乎诗人相信，一个"完整他者"的绝对真实只存在于艺术里，所有离心旋转的策略都是对这种宗教化艺术的追求。自始至终，萨拉蒙活力旺盛的语言创造都显示出"托钵僧旋舞"的姿态，一种仿佛从一个无尽旋转着的环中喷溅出来的狂喜，因而即便他的诗像是无生命时，语言也充满了张力。萨拉蒙使一种不断流变的"炼金术变形"意识具有了诗歌语言的可能性，他似乎获得了一种"完整传导力"，将语言之流坚持不懈地传输给难以表达的东西，不可能存在的事物。"……语言是爱、花朵和人类的/救主，是上帝自己的乐器。"（《小小敬畏》），诗歌语言正是萨拉蒙"培养王子""驯养野兽"以实现更新上帝目的的工具。人类不是不需要宗教，而是需要新的有生命力的宗教，唯有宗教，是灵魂的"平安居所"，余者皆非。简单说来，这种"更新"，在根本上和西方近现代哲学"上帝死了"、"人死了"一路的质疑之声同宗共调，都是对整个西方近代哲学主体的"理性"本质（也即形而上学的"上帝"）的否定，对已成为外在道德化身的"上帝"的否定，人的本质只能在"去存在"的生成活动中成为自己。新人是应当回复到理性与感性一体化的神性状态中的人。就像萨拉蒙蓄意只用半句箴言的诗题《无物存在于理性……》，这句亚里士多德学派公理的全句是："无物存在于理性，若非首先存在于感性中。"这种一体化状态在萨拉蒙的神学哲学图景中，具有忧郁的"永生纯净"的品格。"我还给你你的永生纯净。/因为唯有从未被/撕裂的他们悲伤。/如果我看到你作为一个神。人！"（《无物存在于理性……》）

在这个意义上，诗人仍然拥有他传统的预言家、巫师、灵魂导师的身份（放弃了这个责任，他还能承担什么责任呢？阻止大炮、坦克吗？……即便偶尔能，预言家的命运也是"能说出真相而不被相信"的卡桑德拉），他召唤，他啸叫，他的言辞可能听来刺耳、音高过高，但虽狂暴却和谐，激流冲溅的诗行回环起朵朵壮美的浪花，捉住你的眼目，用声音把你裹挟带走，让你远离这个商品化一切的世界，让你看到原始的可能性，但不是你想象中一个自在的本体的原始莽原，而是独特的这一个抒情灵魂的广野。"世界首先在废墟中，它们/碎落成肉体瓷土/然后变为触觉。/触觉是花朵的太阳。"（《儿童谋杀犯未嚼体膜》）你同意也好，不同意也好，它们就自己在那儿了，你嗅来嗅去，不安，反感，又似乎若有所动，再看看，再读读，最后某一刻，也许多年之后，突然开蒙，决定同意。同意以后，你便有了新的触觉，便知晓了世界可以由你自己去重造，你便无法再满意于他们给你造出的眼前这个世界……萨拉蒙诗歌的底色音质：他全然无畏地用自己——一个自诩的（因勇敢地一遍遍强化而最终成了的）新生圣者般的纯洁性，用出离了肉身但未失感性淫逸的词，去新鲜地感知一切，在上帝创世之后继续去创造一切，包括它的幼稚、焦虑、好奇、欣悦、机智、愤怒……将触到的一切都变为"诗"，也把你——读者，驯养成不再分裂的动物。

萨拉蒙后期诗作的具有语言哲学深度的扎实探究、完备导读，存在于斯洛文尼亚诗人、学者米克拉夫茨·孔梅吉（Miklavž Komelj）的长文《萨拉蒙后期诗作的诗歌方法论》中，我已通过罗利·格劳（Rawley Grau）的英译将其译成了汉语，希望该文能够有机会与读者见面。这篇译后记就不想再对这方面的话题画蛇添足了。

这里我只想就我译后记开篇所提深感《萨拉蒙诗选》这桩庞大译事乃我的"幸运"事件提供一个例证。也许最好的翻译一个诗人的方法，不是译一首诗，而是用他的方法写出一首诗——这可以算是实证？证明诗人与译者之间已进行了有效的能量传导？现代诗歌已主要以能量方式存在，而不以狭义"美"的创造为旨归，因而能写这样一首诗尤能证明翻译的有效性？无论怎样，现在确实出现了这样一首诗。在第一遍诗选和孔梅吉的长篇论文译完之后的几天，在半个多月没有创作自己的诗歌（在这次漫长的翻译活动的一年多时间里，我不断地断续写着自己的诗）的一种半疲惫半无意识的浑浑噩噩状态中，我突然写下了一首诗。一首用我自己从未用过的诗歌方法，但明显是萨拉蒙的方法写出的诗——《餍景》。

餍 景

那被引诱翻越第四堵墙的人
沿墙角展开春分时节的蔷薇之旅
起于微末的一座褴褛城堡里
云的四壁保护你，将你托举

幻景的环境中，旋转的不安
酝酿着一阵狡黠的北风南下
醇黑巧克力里流浪的醉意和幽默
是你忘记的曾记在那堵墙上的爱与梦

人马试图闯入其他世界的冬天的大门
别有洞天，别有洞天
拍死在沙滩上的白泡沫和竹节虫
蛤蜊成灰，家涂四壁

那里宁静的景致面色苍白
凝固的肖像嵌进无时无刻的大地画框
一端陷在生不如死里
一端翘起死不如从未出生的异端哲学

一位天使的名字，一口一口念出

巨大的悲观花朵，挂满蔚蓝四翼

我曾是大城广场上振翼而飞的黑羽鸟

亦是阡陌人行道中彳亍侧立的路边灯

你在奈何桥上吟唱的咏叹调，永远的叹息

噙在拱桥的嘴里，川流不息，消失并不容易

听那口舌吹嘘的，唇吻吞噬的，以知识之名

吃下时间，你在哪里？我们哪里都不在

  我在译完孔梅吉的论文之后，曾经颇为恐慌，其中分析所揭示的萨拉蒙诗中每一细节的精确令我深感翻译诗歌之不可能！我曾写信给萨拉蒙，谈及可能需要他精确解释一些细节。他一再强调：千万不要问他，至于他怎么写的，他一无所知。他让我只是记住，要让自己飞！只要飞起来，你就会成功地翻译我的诗。在翻译他的诗歌的一年多的过程中，我自己的一个有效的诗歌创作之源也同时被打开，他认为这足以证明对他的诗，我走进去已经很深，已经接通能量源，有能力把握住飞行的秘密。现在，当我试着分析《赝景》一诗，这首我写时只是凭着语言感觉，凭着语言内逻辑展开的诗篇时，细读之下，才发现它真的很精确！让我切身体验了一次何谓"狂喜是一种精确的步法"。当我真正是在一个一些语词在我的内部翻腾，不找一个成序的出口我就浑身不安的状态中"坐下来写"时，它们有超出我写时的理解力（写时主要是诗歌写作机制而不是理解力在发生作用）自己生成的东西。看来真的有神秘的"创作状态"这样一个东西在诗人身上。萨拉蒙每每谈创作，总是喜欢叫人"坐下来写",直接流淌,应该确是他的心声。在一个创作状态中,其实其中什么都是不确定的,只有这个"状态",只有创作这首诗的意志是母源,这状态会自发地调动起你所有既有的诗歌能力积累,一切从"坐下来写"里流出。

萨拉蒙的重要诗歌方法,我简化理解(没有到他使用的极端程度,也就意味着在认识论层面上,我没有完全认同一个"语言造物主"诗人的存在):即在写作状态中,拼字游戏般地处理完整的语言现实,由语言内逻辑经由自由联想产生指向语言外现实的意象群,联结意象的语言外逻辑亦回返导致语言内对等物。最终诗的结构即在此交织缠结的过程中成形,因而整首诗的逻辑不再仅仅是语言内的,也因此意义生成,而不是意义被语言游戏取消。

我这首诗首先是在声音、色彩两方面交互编织的"蜃景","蜃"就是贝壳、蛤蜊内壁的颜色,带着珠光的灰色。因而整首诗的色调是苍灰,是冬天,是白泡沫,是面色苍白,带着一丁点儿起始处的温暖玫瑰色,和天使翼翅上的蔚蓝色。因为声音的需要,第一节中出现玫瑰的地方用了它的另一个名字"蔷薇",这样和"第四堵墙""墙角""襁褓""微末"在声音上形成呼应。而汉语比起字母文字语言,不仅有同样丰富的声音关联,更天然地具有视觉关联优势,第三节中的"人马试图闯入其他世界冬天的大门",就完全是只能在汉字中进行的文字游戏,是无法翻译进其他语言的,可以说它是用文字游戏拼成的句子,"人马"就"反"映在"闯入"两字中,"图"几乎是"冬"和"门"的合成,"人马"和"门"合成了"闯入";"冬天的大门"既有听觉上的"洞天",又是视觉上的"洞"天;同样借汉字形声字的丰富推展的诗句还有第二节的二、三句,

第五节的末句等等，其中"狡黠""醇黑""醉意""幽默""人行道""彳亍侧立"均有相互包含的字形。这首诗中的许多诗句就是这样凭它们在汉语中的语言要素关联自己互相推生出来的，自由联想意象的时候我考虑的只是方向——"人马"与苍灰色调的组合，它不能是夏天的、热烈的等等而已。

全诗的主题是艺术家的创伤，是创伤创造出艺术的海市蜃楼。"第四堵墙"使用了象征逻辑，但已是基本上有普遍认识的一个象征表达——它是时间之维。翻越第四堵墙既是艺术家的梦想也是他的宿命，而这宿命的结论即是最终他"哪里都不在"，但却并不会消失。这是创伤，是悲观，但不是悲剧。

诗篇第一句"那被引诱翻越第四堵墙的人"是最先写出的，当神灵好意地给了我这个句子之后，全诗艺术家主题就确定了，他的梦想，他起初受理想保护的状态，他的不安分，他的流浪的艺术意志，他的记与忘，也就是前两节的内容，都是他命运的题中之义。然而在写时，这些语言外的经验认识只在幕后起作用，在前台运作的几乎纯是怎样组合、拆解、敲打聆听词，但选择词的意象方向是受语言外经验认识的牵动的。就是说，我不能写出我的经验不认可的自由组合的词句，词句如果组合出了新生的经验也要经由我的意识能力可增长部分的认证通过（这和我不打算走实验诗歌的道路有关，我允许并期待语词组合出新经验，但我认为我有能力鉴定这新经验是否有效）。"人马"闯入这首诗中，是因为他和艺术家的关联，他是天然的奔波流浪者，是神话中的技艺传授者、导师，是永恒创伤的携带者喀龙，是大叫人生"可悲呀，可悲"的狄奥尼索斯的老师西勒诺斯。"人马"是自由联想召唤来的意象，它语言外逻辑的流浪本性经由文字游戏（也即语言内逻辑）生成了

"人马试图闯入其他世界冬天的大门"这样的语言内对等物。人马会"试图闯入其他世界"意义联想上无疑是在呼应"翻越第四堵墙",也和人马族在神话传说中是云的后裔有关(同时呼应"云的四壁保护你"),和它在人类记忆中总带着点鲁莽灭裂天马行空的味道有关……但因他的闯入,使得全诗的行进只能走向悲观哲学,它完全不遵循我个人意志的要求。或者说,在写诗时,诗人是没有个人意志的,他只遵循形象——人马深远的历史文化本性的要求。于是几乎不可避免地出现了尼采让西勒诺斯对弥达斯国王喊出的人生真相:"那最好的东西是你根本得不到的,这就是不要降生,不要存在,成为虚无。不过对于你还有次好的东西——立刻就死。"我的人马闯入的世界不过是世界的真相,第三节的后半、第四节的图景无非如是(当然"异端"两字的强调带上了些我也许并不完全赞同这种认识的意味)!艺术家的使命是感念世界的有情,即便在无情的死寂世界中也要创造出有情的关联,我的艺术观是:艺术不是使人生更加痛苦的,而是使人生变得可以忍受,并经由不断地穿越熟知死亡最终抵达可能的喜乐。因而那哀悼的死亡天使(我写时是真不知道他的名字,写完后我简要学习了一下天使学,发现他最好是死亡天使亚兹拉尔和有着四目及蔚蓝四翼的智天使基路伯的合体,有兴趣的读者可以去搜索、学习一下这两位,有助于理解"词"即"名字"的丰富的形象能产性),吟诵、牵挂,念出那名字,用念诵造出那名字,像造出花朵,便是找到出路,实现安慰的唯一方法。而曾经在你眼前惊起过的飞鸟,在你彷徨街边时忽然亮起的温暖灯火都可以是天使口中溢出的词句。因而第五节也是全诗最著力于"美"的塑造的一节,用工整有力的对仗这种现代汉诗已经较少使用的句式,既为加强天使的力量感，也是深情所致（也许我们应该反思，汉语中还有多少卓越的表达方式被我们轻易地弃置不用了）。最后一节前半几乎是上一节未完情绪及内容的自然延续，只是更具体地转向了诗人艺术家的形象。一切在时间中存在过的，并不容易真的消失，但是不消失的它们常常变成了知识。全诗唯一在此处使用了反讽表达，知识认知是一种思维方式，知识是一种积累之物，是非历史线性的，因而它会吃下时间，它同时也会吃下一切感性，而成为一种让人"死在句下"的东西。这里反讽的即是不再与精神、感悟相结合的知识，也即不再具"诗性"的知识。诗性的消失是屡景的消散。而在时间中的人，在空间中哪里都不在。若在，他只在海市屡楼里。这一切，甚至衔接如此紧密的意义的内在关联都是我在此分析时逐渐想清楚的，写时，我只是听凭声音和形象的辨识力与自由联想结合指引我走到最后一行。并且它们不是在一次写作中完成的，有些是后来修改、替换的（比如把"六翼"改成了"四翼"，原来有更适合我之需要的天使形象！）。但理解它们，仅在此刻。

写出这首诗还有一个真正的意外收获：我竟然完全无意识地在其中使用了"言语面具"——名字的签章是不会弄错的〔像萨拉蒙在《我们建车库，读<读者文摘>》一诗中写下的"阿莱曼"一词，阿莱曼—萨拉蒙（ALAMeiN - šALAMuN），参阅孔梅吉文〕。"赵四"原来可以解作"试图穿越第四堵墙的人"。

当然，这样的一首诗和萨拉蒙的任何一首诗都不像，因为不同的诗人有不同的情绪体构成，也就是源泉、起点不同。如果像，就只是在模仿，而不是学习方法。

赵　四

译者说明

本书据以下英译者（按姓氏首字母排序）译诗从多种诗选中译出。

埃利奥特·安德松（Anderson, Elliot）

乔舒亚·贝克曼（Beckman, Joshua）

米歇尔·比金斯（Biggins, Michael）

米亚·丁廷扎纳（Dintinjana, Mia）

安塞尔姆·霍洛（Hollo, Anselm）

安娜·叶利尼卡（Jelnikar, Ana）

托马斯·凯恩（Kane, Thomas）

德博拉·科洛斯（Kohloss, Deborah）

索尼娅·克拉瓦尼亚（Kravanja, Sonja）

菲利斯·莱文（Levin, Phillis）

汤姆·洛扎尔（Lozar, Tom）

克里斯托弗·梅里尔（Merrill, Christopher）

鲍勃·佩雷尔曼（Perelman, Bob）

彼得·理查德（Richards, Peter）

马修·罗勒（Rohrer, Matthew）

托马斯·萨拉蒙（Šalamun, Tomaž）

查尔斯·西密克（Simic, Charles）

米歇尔·T·泰伦（Taren, Michael T.）

韦诺·陶费尔（Taufer, Veno）

米歇尔·瓦尔图赫（Waltuch, Michael）

（京权）图字：01-2014-3884

图书在版编目（CIP）数据

蓝光枕之塔：萨拉蒙诗选 /（斯洛文）萨拉蒙 著；赵四
译 . -- 北京 ：作家出版社，2014.7
（世纪北斗译丛）
ISBN 978-7-5063-7409-5

Ⅰ . ①蓝… Ⅱ . ①萨…②赵… Ⅲ. ①诗集 – 斯洛文尼亚 –
现代 Ⅳ . ①I555.425

中国版本图书馆CIP数据核字（2014）第112216号

蓝光枕之塔——萨拉蒙诗选

作　　者：[斯洛文]托马斯·萨拉蒙
译　　者：赵　四
责任编辑：李宏伟
装帧设计：任凌云
出版发行：作家出版社
社　　址：北京农展馆南里10号　　　邮　　编：100125
电话传真：86-10-65930756（出版发行部）
　　　　　86-10-65004079（总编室）
　　　　　86-10-65015116（邮购部）
E-mail:zuojia@zuojia.net.cn
http://www.haozuojia.com（作家在线）
印　　刷：三河市紫恒印装有限公司
成品尺寸：130×210
字　　数：238千
印　　张：13.25
版　　次：2014年7月第1版
印　　次：2014年7月第1次印刷
ISBN 978-7-5063-7409-5
定　　价：39.00元